U0830569

雪還在仰望之上靜靜地下

俞杭委／著

天津出版传媒集团
百花文艺出版社

图书在版编目（CIP）数据

雪还在仰望之上静静地下 / 俞杭委著 . -- 天津 :
百花文艺出版社 , 2025.1
ISBN 978-7-5306-8874-8

Ⅰ . ①雪… Ⅱ . ①俞… Ⅲ . ①诗集－中国－当代
Ⅳ . ① I227

中国国家版本馆 CIP 数据核字 (2024) 第 104585 号

雪还在仰望之上静静地下
XUE HAIZAI YANGWANG ZHISHANG JINGJING DE XIA
俞杭委　著

出 版 人：薛印胜
责任编辑：郑　爽
策划编辑：彭　雪
封面题字：梁文斌
插画绘制：周　锋
文字校正：米　啦　俞宋韵　陈　丹
作者照片摄影：张晓蕾
装帧设计：悟阅文化
出版发行：百花文艺出版社
地址：天津市和平区西康路 35 号　**邮编：**300051
电话传真：+86-22-23332651（发行部）
+86-22-23332656（总编室）
+86-22-23332478（邮购部）
网址：http://www.baihuawenyi.com
印刷：成都市兴雅致印务有限责任公司
开本：710 毫米 ×1000 毫米　1/16
字数：258 千字
印张：18
版次：2025 年 1 月第 1 版
印次：2025 年 1 月第 1 次印刷
定价：78.00 元

如有印装质量问题，请与成都市兴雅致印务有限责任公司联系调换
地址：成都市金牛区沙河源街道陆家桥社区
电话：028-83181689
邮编：610000
版权所有　侵权必究

仿佛诗与诗的相逢

孙昌建

1

浙江新昌诗人俞杭委嘱我为他的诗集写个小序，我答应之后又有点小纠结，因为写序很难，这正如出版诗集很难一样，尤其是对于生活在基层的作者而言，出版诗集之难，简直要难于上天姥山，因为现在上天姥山还是容易了。

出版诗集之难，不仅仅出于出版环节和资金投入，这已经是同行们都感同身受的，我所指的“难”，可能还有另一层意思，即平时你发表了几首诗，无论通过纸媒还是通过自媒体，大家可能叫好的为多，或者不置一评也很正常，但是当你把几首扩展成了几十首一两百首，积少成多之后，那是等于把日子过成流水，把爱情过成婚姻一样了，这个时候你诗歌中的问题就会立马显现出来，藏也藏不住了。

本来，诗歌是一种藏拙的艺术，基本跟怀揣匕首一样，但出版诗集，等于把长枪火炮等全部家当都摆了出来，所以容易把事情放大，虽然我们说诗无达诂，但人人心里都有个诂，且都有各自的度量衡，有时还会热胀冷缩，计量标准不一，而我以为写序的通行做法，是要给作者一个好的评价，然后也能委婉地指出一点问题，这之间的分寸，就是我所说的那一个字——难。

但是不写也会留下遗憾，因为从地理和乡情意义上说，我对于新昌和绍兴，是有一种亲近感的，这不仅仅是因为浙东唐诗之路摆在那里，正如你走到新昌古道斑马桥时，你会驻足沉思片刻一样，而且之前我也写过一些有关新昌的文字，也在一定的场合点评过几位新昌作者的作品，何况那里还有几位我的好朋友，他们的职业和爱好有的跟诗歌毫无牵连，但我们又时常会聊起诸如大佛寺、大佛龙井以及小京生，还有穿岩十九峰等话题，所以现在我通过阅读俞杭委的诗，等于是把这一切贯穿了起来，从这个层面上说，我要谢谢俞杭委，要谢谢他的这部诗集，这等于是给了我一次学习的机会。

2

首先我注意到俞杭委诗歌的基本形式，他有一个特点，即比较习惯用四行一节或三行一节，相对比较短一些，大部分的诗都控制在二十行之内，当然也有例外的，如他的《一百行诗》，题目皆是如此。

我为什么要谈这个特点呢？因为新诗和古诗的确大不一样，古诗中的近体诗，如七律七绝五律五绝，讲究个起承转合，但那都是螺蛳壳里做道场。古诗当然是新诗的源头，但又不全是，或者说只是源头之一，新诗还有一个源头就是西方的诗歌。西方的诗歌中有一种叫“商籁体”，也就是是十四行诗，我们所熟知的莎士比亚即以创作十四行诗著称。十四行诗翻译过来，如果要分小节的话，那一般就是4433这种形式，也有4442的。所以在我的印象中，新诗从二十世纪三四十年代起，四行一节的形式是居多的。我从二十世纪八十年代学诗也基本是这样写的，因为所看即所写。当然那个年代流行的如郭小川、贺敬之他们的，也还有阶梯诗的形式，据说来自马雅可夫斯基，二十世纪八十年代，曲有源也写这种形式的诗，但相对已经少见了，而到了二十一世纪，从这二十年来看，基本是少见这种阶梯诗的形式了。

今天的诗作依我看也是遵循“双百”精神的，一是风格上的百花齐放，一是行文上的百无约束。后一个“百”才是诗歌的真实现状。而就诗歌的基本盘面来讲，有的是一气呵成，有的仍有分节，但这个节与节之间的那样一种衔接过渡，或者说跳跃，现在的诗人已经都不太讲究了，或者说也没有特别在意，但是我们看到俞杭委的诗歌，从第一行到第二十行，它在中间还有几次分节的，有那么三到四个小节，这说明他在形式上还是有一种自觉的，我以为这个还是比较难能可贵的，这里的关键词就是克制和内敛。

这样的一种写法，我也曾开玩笑对人说，这样的诗如果说要有所谓的“注水”，也不可能注很多的水。为什么这么说呢？因为他一共也就十几行，二十行不到，又能注多少水呢？

当然“注水”这个词可能是我的生造，会指向有意为之。当下诗歌的一个问题，主要还是非诗甚多，二三十行诗里，往往只有三四句四五句像诗，这主要原因是自己把不了关，屏不牢，一把刀又砍不下去。还有不少人是用散文的思维方式在写诗歌，所以一方面平铺直叙，另一方面又生怕人家读不懂，非要像杂文一样点题，把话说得满满的，总之解决不好起承转合的问题，那么也就不讲究起承转合了。

我看不少初学者的诗作，十句中可能有一两句是好句子，但是它掩没在另八九句的杂草丛中，我不是说都把这八九句割掉删除，不是的，我想最好的办法，是把那八九句也好好“梳妆打扮”一下，这样才有可能让人耐心地读完这一首诗，才会让人觉得这也是个好句子。

好在俞杭委不是这样，他基本还是中规中矩的，即他的舞步还是有规律可循的，但俞杭委又有属于自己的问题，他可能过于平衡，过于平均用力了，这样就不太容易找到诗眼，或者说他自己也还没有发现诗眼。

而且我还特别注意到了，他的三行一节的诗，相比于四行一节的诗，似乎要更熟练和得心应手一些，这个是他的一个特点。就我本人来说，似乎也偏爱于三行一节的，而且一旦第一节如此处理，那么后面就会按着这种节奏来走，一般来讲，这样的形式总体是往里收而不是往外放的。

这可由《五月的开场白》为证，前面四节尤其好——

绕过挺立的高楼
风，把阳光揉碎在
清浅的水域里

五月的开场白
枝繁叶茂。每一片
都符合你的心意

雀鸟的歌声，和着
风的节拍，一声声
悠扬，悦耳。那么甜美

嗜睡的季节，白天
阳光，晚上雨露
弥补了大半生的失眠

绣球花漫过长廊，无限开放
黄昏临近，阳光舔着初夏的
汗渍，从城市的边缘褪去

路，悄悄伸进夜的黑
我转身时，风去留不决
还在枝叶间徘徊

在这样美好的日子，我
会在城市的上空
画下一个圆满的圈

3

从内容上来说，俞杭委这部诗集主要由两大部分组成，第一部分以本乡本土居多，第二部分异乡异地居多。

第一部分相对比较自我，基本上是以抒情诗的形式出现，其中一部分是以爱情诗的形式，就是借助自然山水、人间万物来抒写一种感情，这就是以前人们常说的借物抒情，托物喻人，我们知道《诗经》就是这种写法，它就是中国诗歌的传统之一，但这种诗歌的创作有很大的难度，因为世间万物、花草树木，早有了相对固定固化的含义，所以你要出新意也是相当之难的。而诗歌如果没有新意，如果是人云亦云，那就变成官样文章了。

第二部分中的大部分应该叫行走的诗歌，主要写旅行或采风，当然也包括一些写友情的作品，这其实就是一种人际交往，或者就是诗歌的朋友圈。这一部分的写作，让大家容易想到那句老话，叫诗与远方，换一种表达，远方就是诗。

我虽然不赞成这样一种说法，但我也可以理解，因为这可能就是一个写作者的原动力。我们常说诗言志，这肯定是对的，还有说诗可以怒也可以怨。其实通常来说，我以为诗的原动力有两个，一个是爱情，一个是远方，如果爱情在远方或远方有爱情，那就有可能产生好诗。远方有一种陌生感，一种新鲜感，有时还有一种小小的使命感。那就是自己给自己一个任务，我出去一定要写一首诗，或者要写一批诗。我去海边我要写大海，我去边关我要写大漠，这是一种很自觉的行为，而且我们常常把不写或写不出诗归结为我没有到远方去，我没有灵感，或者说我的日常生活太过非诗。

我们多多少少有这样的想法，包括我自己，这也就可以解释俞杭委为什么有这样一批诗，且构成了这部诗集的一半篇幅。

要把远方或异地写好，从某种程度上来讲，比写本乡本土还要难，因为一个是你的根，一个是你的翅膀。这本乡本土或故国家园，那纯粹是个人的感觉，写好写坏都是你个人的。同时从时间上来看，本乡本土，本花本草，它有长时间的积累和沉淀，或许真的让你悟到了什么，从寻常中发现不寻常，因为这是你的三分三，是你的自留地。而异地他乡就会有点走马观花的感觉，它不仅仅是属于你个人，它还是公共的，大海和高山都是公共的，纳木错和布达拉宫是公共的，而且这些公共的部分，古今中外可能已经有好诗立在那里了，所以如果你仅仅是浮光掠影，那你仅仅是完成了自己的作业，但是你拿出来给人阅读，要引人共鸣和共情，要让人咀嚼寻味，那一定要有发现他人之未发现，说出他人未说出之见解。

也完全有可能，这一部分的诗，往往自带采风的功能，这样的诗作如果出现在朗诵会现场，借助抑扬顿挫之声，它是会有一定的效果的，特别是那样的场合也需要这样的效果，正如此时需要有掌声一样，但是当掌声散去良久，我们在夜深人静时再来读这些诗，我们是不是会带有挑剔的眼光呢？这也正如我的挑剔一样，因为我面对的不是一首两首，而是一百首两百首。而依我的阅读爱好，这两部分中，我以为第二部分的诗更为成熟一些，也更耐读一些。

然而无论是哪一部分，都有一个基本的问题，那就是杭委的诗还是偏于流行风，换一种说法是，他跟流行歌曲的歌词颇有点相似，那是可以唱的，是朗朗上口的，且用词造句都是大家熟悉的，人们也一直在使用的，如类似这一首《在拉萨，与仓央嘉措擦肩而过》，节奏把控得很让人舒服——

来一次最为完美的擦肩
仿佛诗与诗的相逢，把一颗
凡俗的心度向天堂。仿佛

一个最为虔诚的信徒
从东向西，把千里长路
跪拜成朝圣的诗篇

在你的婆娑世界里，奔涌的情诗

是你最为完美的梵音。如唐古拉山
寂寞雪峰，凌寒怒放的青莲

伫立高原，只为你久久远去
可你的诗句，依然在玛吉阿米的房子里
伤痛，吟唱成八廓街最为动人的旋律

仿佛神性点亮世俗的目光
仿佛心灵深处，轰鸣的洪流
雨丝一般洒向人间

所以我们现在谈论俞杭委的诗歌，我以为给我们大部分的写作者，特别县域和基层的写作者，提供了一个范例和样板。也就是说我们怎么样能在原有的基础上再提高一步，我以为这个才是最关键的。无论你写的是哪一部分，也无论你有一块怎样的根据地，你是天姥山还是天台山，一是你要不断深掘和攀升，一是你要不断地走出去走向远方。

4

我记得是在一个诗会上认识俞杭委的，当时知道他在新昌的一个乡镇工作，我对“乡镇”二字是特别敏感的，一是我小时候和长大后的家，这前后时间可能有二十年，家都在某乡镇的对面，但我记忆中一次也没有跨进过那乡镇的大门。

我为什么要讲这个细节，因为我早早地有了自我人设，即我这样的人是不跟乡镇打交道的，今天想来可能颇为可笑了，因为后来发现乡镇的食堂，尤其是县里的乡镇，往往是饭菜最好吃的。

另一个敏感的原因，还缘于另一种人设，或者说对于他人的预设，比如说一个人写诗，那我以为他就似乎不应该在乡镇工作，如果是在文化站又另当别论，当然如果他工作了十年二十年，仍是在文化站工作，那又是一种境况了。

而在今天，有时去采风开诗会，一个饭桌上坐下来的诗人中，在乡镇工作的往往十之有三四，这大概说明了两个问题：一是在乡镇工作，是一份不错的差使；二是在乡镇工作，跟写不写诗没有什么关系。他写诗也不一定本职就做文化宣传工作的，行政一把手也有不少写诗且写得还很不错的。

所以放在浙江而言，诗人的县域写作可能是一个现象，这个县域就包括了乡域镇域，而且现在有这样一个特点，某人在某乡镇工作，但他的家往往是在县城的。把俞杭委的写作放在这样一个前景上去考量，更能显示他这种写作的不易，因为这个不像我们那个年代，当决定要吃写作这碗饭的时候，那我肯定要主攻几大行业的，要么报社，要么出版社，要么电视台，要么文联作协，反正我总要考进去调进去的，好像这样才名正言顺，而事实上那时也的确能考进去调进去的，现在我们都在讲人才，但好像是另一种语境了。

是管牢你的饭碗，还是写好你的诗，这在今天不是一个问题，即它不构成一对矛盾的，因为每一个县域乡域写作的人心里都清楚，孰轻孰重，孰先孰后，这至少有一个好处，谋生在先，谋爱在后，或者是先中有后，后中有先，当把职业和爱好区分清楚之后，你就会有了选择，因为这世上的诸多事情本来就是不可以选择的，现在写和不写可以选择，问题是选了写之后，就该选怎样写的问题了。

对于体制内的人来说，写作有可能是一种平衡，一种调和，一种隐匿，又是一种提升，所以从这个角度上说，我们要感谢诗歌，因为这终究是一种自我独处的方式，也可能是一种自我救赎，更是一种虚拟的生活，它不需要借助高科技，只需要古老的想象和表达，它不一定联通未来，它只跟现实发生关系，并最终跟现实世界达成一种和解或缓解。

所以我会特别喜欢《十八渡》这样的诗歌——

这里很静，没有纷乱的世事
没有燃烧的爱情，唯有一潭恬静
清缓而平静，默默流淌

草木丰腴的七月，在这个
优美的谷底行走，把一颗受伤的心
慢慢修复，让缺失的血复活

汗水浸透我的肉身，我却不曾
记取每一个渡口的名字。在第十八渡
一只鸟呼唤着，仿佛我

童年的记忆溢出堤坝，流向远方
阳光猛烈地照射着，流光溢彩的波纹
让我触摸到海，如一帘幽梦

展望未来，要水一样包容
把折叠的心事打开，抛入渡口
溪水轻缓，清澈而明亮

5

最后还是要说到新昌和绍兴。

前几年蔡兄东方浩让我写过一些对绍兴诗歌的印象，也等于是给了我一个说三道四的机会，我不想重复说过的话，事实上我也记不住那些话了，我想表达的是，从“五四”以来新文学运动开始，周氏兄弟等都尝试过新诗写作，但他们后来都放弃了，其成就是在小说和散文等方面。绍兴籍的现当代文人中，相对而言反而是诗人的影响要小一些。

所以有的时候我觉得是不是绍兴人的基因当中，那种积淀的东西实在是太深太重太沉郁，甚至太沉痛，所以一下子飞不起来，而与此可参照的是，这古人留下的浙东唐诗之路就如丰碑一般，同样的卧薪尝胆也一直存在着，也还有兰亭集序的春和景明等。

包括在新昌也还有袁方勇，这是一个绕不过去的名字。

所以我常常想，生在新昌，生在绍兴，那是自带某种基因的，但是我们可不可以纯粹一点，虚无一点，这是对复杂的纯粹，是对现实的虚无，我觉得要学会放飞，因为你的大地足够丰厚，你的精神足够坚韧。

最后要特别说明的是，此文的草稿，是我在数次等车时先对着手机说话录音，然后再转成文字修改润色，这也是逼迫自己不要倦怠，对于答应的事情尽量去完成，实际上让我给一位诗人写点文字，那也正如杭委的那一句诗：仿佛诗与诗的相逢。

感谢并祝贺杭委，愿诗集早日与读者相逢。

2024.02.28

在意义的旋涡之外
——浅谈俞杭委诗歌中的新唯美趣味

张二棍

毋庸讳言，这世界需要一些不切实际的幻想，需要一些做白日梦和说痴心话的人。而艺术，正是幻想的结晶，梦境的延续，痴心的绽放。我们写作，与其说是对这个世界的描摹与刻画，倒不如看成一场对过去岁月的祭祀，对未来时光的占卜。所以，我们的文字，往往是白日梦也是痴心话，是诚挚的祭祀，也是深情的占卜。让人遗憾的是，我们恰好身处在一个唱衰“诗歌”这样一种纯语言艺术的时代。是的，视觉艺术、听觉艺术等等都可以物质化乃至市场化，而曾经伴随我们从人类的童年时代直到今天的诗歌，却越来越落寞而恓惶。

当然，这是题外话。其实我想说的是，恰恰是落寞和恓惶在时代边缘的诗歌，依然会在每一个离乱与弃绝的时代里，不离不弃，守护着一个人最初的梦想以及最后的尊严。恰如俞杭委先生在诗中所言：“而你的身影却一再\摇曳在虚拟的梦幻里”。我没有见过诗人俞杭委，有几次他在微信上发来消息，也无非是一些安好、保重之类的日常话，这大概是所谓君子之交、诗人之交吧。凭借着这次他出诗集的机会，我对他的作品有了一个粗浅的理解。也承蒙他厚爱，让我为这本集子写一些话。说实话，我并非一个合格而理想的读者，更无法做到透彻与深刻的诠释。我姑且写些一知半解的读后感，权当为俞杭委先生的写作，擂鼓助威加油。

“婆娑世界里，那个\孤独的行者，以一棵寂寞梧桐\于茫茫旷野里茫然四顾”。我愿意把俞杭委的这句诗，看作诗人俞杭委的自画像。一棵梧桐在茫茫旷野里，注视着彳亍前行、茫然四顾的人，多像是诗歌之神在照看着我们这些蹉跎在诗行间的孩子。阅读俞杭委的诗歌，能够感知到他对写作的钟情与真挚。也许，他没有其他野心与奢望，甚至没有透露出太多写作的野心。他只是像个晴耕雨读的古老农人，以一颗敬畏当下，憧憬未来的素朴之心，一行行侍弄庄稼般，精心栽培着自己的诗句。你看俞杭委的那些诗句，分节整齐有序，措辞温婉柔和，隐约透露着古诗词的影子。我想，他大概是个内心执拗而坚定，待人接物却又彬彬有礼的君子吧。不然，他不会写下“重塑一次郊外的散步\或者，来一次诚挚的牵手\建一处春天，相视而坐\微笑着，不离不弃”，也不会有“是你的，要全部还你；\是我的，也要加倍给你。这样\好让你生生世世记住那入梦的端口”这样誓言般的句子。读到这样洗目清心的诗歌，我们不妨称之为“唯美”。

曾几何时，诗歌圈仿佛对“唯美”避之不及，这两个字也成为我们对某一种诗歌的揶揄，甚至批判。仿佛唯美，一定是花房里的少女心，一定是浅薄而空泛的伪抒情。可我们忘了，诗歌必然是伫立在抒情基础上的摇篮曲、情歌、悼词。那么，怎么抒情就成为一道横亘在每个诗人面前的鸿沟。在俞杭委这里，我们看到诸多来自胸腔的男低音抒情。他没有刻意回避我手写我心的本色，也没有过分纠结志与情的归处。他只是把自己的抒情，轻轻地放在一个恰当的位置，不卑不亢，亦庄亦柔。所以他的作品中，始终贯穿着生命的反省和个性的思考，往往也融合了纯真本色与狂放性情。他赋予了“唯美”以现代性，进而炼字成篇，睹物为诗。“静下来，如一株\孤独的兰，在低矮的草木间\颐养生息。让光阴卷伏案头\陪伴我笔墨千里，酝酿\行云流水一般的诗句”，俞杭委的这几行诗，可谓是他的写照，也是他的追求。于他而言，诗如一只温顺的猫，给他以陪伴，亦如一匹快意的马，予他以驰骋。想来，这恰是文字与生命最美好惬意的状态吧。无论写下过什么，期待将来写下什么，俞杭委的心境，一定有着“也好、且罢、莫如”的平和自洽。这平和，正是众生越来越难得的。所幸，在俞杭委这一行行逶迤的句子里，我看到了。就此，我们不妨把俞杭委看作一个潜藏在时代洪流之下，静静颐养内心的物外写作者。既超然物外，那何患之有？“一切都在远去，一切都在\静静地消失，恰似流血的伤口\苦苦挣扎，真挚而绵长”，当诗人书写到伤口，都赋以“真挚而绵长”的注视，那我们苦苦挣扎的这个世界，又何尝不是大梦一场的虚无。在俞杭委这里，不争、不怒成为他的诗歌底色。这是多么难得的品质，也例证了他的“唯美”，是真唯美，更是一种拥有现代性的新唯美抒情。

古人云，无情未必真豪杰也。铁马冰河是热血情，小桥流水也是惆怅情。而在俞杭委这里，“情”幻化万千，跌宕起伏，他以情驭诗，诗也就成为他理解和认知这个世界的望远镜、显微镜、透视镜。他正是通过一行行情动于衷、纷纷扬扬的言辞，完成了对人世间最深情的瞭望与凝视。他的作品是抒情的，亦是唯美的，更是迥异于古旧唯美和老式抒情的新唯美趣味。

一切都在远去，一切都在静静地消失。我想，唯美不会消失，因为诗不会消失。而诗人俞杭委，以这样一本满怀着中年大爱的诗集，为我们追踪着那一寸寸美不胜收的光阴！而他的一首首诗，也如一条条超尘脱俗的游鱼，游弋在意义的旋涡之外，自乐寒暑，自得天地！

目　录

CONTENTS

雪还在仰望之上静静地下

2 | 雪还在仰望之上静静地下
3 | 樱花树下
5 | 一场爱情正穿过丛林
6 | 五月的开场白
8 | 建一处春天
9 | 一颗星星遇见另一颗星星
10 | 让绝望奔向冬天
11 | 雨丝一般深入
12 | 一场风
13 | 时光祭
14 | 光脚的孩子
15 | 在城市的六楼念想一场雨
16 | 孤独的窗
17 | 像海浪拍击堤岸
18 | 处　暑
19 | 八月之歌
20 | 脚下的泥土是真实的
21 | 细语，不会像雨滴飘零
22 | 惊扰的梦
23 | 小阁楼
24 | 花朵催开的岁月
25 | 取一段光
26 | 阳光透过十月
27 | 吹动的风
28 | 唯　一
29 | 你浅浅的笑
30 | 最后一方空白
31 | 大　雪
32 | 冬夜思绪
33 | 寂寞梧桐
34 | 跌落尘埃的风筝
35 | 期待一场雪
36 | 念一朵花
37 | 从一场雪到另一场雪
38 | 腊八的一场雪
39 | 拿雪说事
40 | 涅　槃
41 | 兵荒马乱的日子
43 | 抚摸伤疤的女人
44 | 花瓣落在心中
45 | 一朵李花的白
47 | 岁月的光波

48 | 在初秋的宁静里
49 | 点亮黑色念想
50 | 结痂的伤口
51 | 虚　空
52 | 玫瑰的花事
53 | 雨中的伞
54 | 宿命中的灯芯
55 | 九月的曲调
56 | 而月亮总是钩挂在窗轩
58 | 这些秋天的孩子
59 | 柿子的预谋
60 | 守　候
61 | 黑夜，丝绸一般柔软
62 | 云朵也是孤独的
63 | 水还在流淌
64 | 街　角
65 | 四月，卸下琴弦
66 | 一场雨的情绪
68 | 谁是我的梦里愁肠
69 | 杜鹃的花事
70 | 那棵冬天的紫薇
71 | 桃花小令
72 | 一个人的咖啡屋
73 | 在冬天要一截跳动的火
74 | 慢慢地飘过去
75 | 流淌的水
76 | 灵魂快过我的脚步
77 | 春分，悼念一段恋情
78 | 我若是鱼
79 | 那叶风中的柳
80 | 雨还在下着
81 | 思念是一场无法消停的雨
82 | 鱼一样遗忘
83 | 转世的桃花
85 | 无法安静的灵魂
86 | 你的目光还在
87 | 谷　雨
88 | 我曾梦想
89 | 遇见生命里的另一个自己
90 | 一朵玫瑰开了又谢了
91 | 黑夜里的花朵
92 | 在湖边想一些往事
93 | 宋　梅
94 | 轻慢时光
95 | 黑夜里张望
96 | 悼念一场殇逝
97 | 追一朵桃花的去向
98 | 逃逸的风
99 | 忘忧谷
101 | 烈酒一般的孤独
103 | 白　狐
104 | 扇动的翅膀
105 | 一切都静下来了
107 | 子夜独唱
109 | 孤独的房子
110 | 流年断章
112 | 一百行诗

盛唐是你，而我是今夜月

118 | 纳木错，一次心灵洗礼
120 | 在布达拉宫
122 | 在拉萨，与仓央嘉措擦肩而过
123 | 中秋那一轮月
125 | 一匹马从黑暗中亮出
126 | 在巧云居
127 | 九月的思维
128 | 木排坑
129 | 母亲，是那一盏温馨的灯
131 | 说一些真实的事
132 | 游温州江心屿
134 | 在五马街的夜里
135 | 大沙岙海湾
136 | 南麂岛，那一场海上日出
138 | 楠溪江，那一汪清澈的水
139 | 在剡溪，与北风相遇
140 | 你是我臆想的梵音
141 | 秋　分
142 | 古城怀想
144 | 西鲍，每一面旗帜都异彩纷呈
145 | 故乡的蓝
146 | 立　秋
147 | 仁村印象
149 | 立　春
150 | 父　亲
152 | 雨　水
153 | 狼　族
155 | 故乡的黄土地
156 | 三十六计
158 | 背道而驰的日子
159 | 入　梅
160 | 立　秋
161 | 赛里木湖的梦
162 | 你说，秋天
163 | 秋瑾公园
164 | 屃石湖
165 | 孤独的麦子
167 | 流动的夜
168 | 黑夜的柔软
169 | 碗　窑
170 | 碾　子
171 | 仰　望
172 | 红尘时光
173 | 杏林代言
175 | 雪莲花
177 | 山　门
178 | 骑羊驼的小女孩
180 | 荻　花
182 | 故乡行吟
184 | 站在官塘山看我的村庄
186 | 在荷塘，对面那一湖水
188 | 深入回山

190 | 中秋那一轮月
192 | 竹　乡
194 | 望海岗旧事
195 | 那些锁山的雾
196 | 围炉煮茶
197 | 我的疼痛正穿过你的墓穴
199 | 香林桂雨
201 | 秋　夜
203 | 静　想
204 | 祭　海
205 | 画　卷
206 | 邀　约
207 | 俞　氏
209 | 在空谷处构筑山体
211 | 杜甫岭
212 | 太白石
214 | 石梁桥
215 | 天台山寻李白读书堂
216 | 去大山深处看海
218 | 问一声："老袁，你在天堂可好？"
220 | 小镇五月
222 | 黄昏雨后隅上
223 | 田间偶遇农人闲聊
225 | 屋漏痕
227 | 伪命题
229 | 十八渡
230 | 十月交语
232 | 大石瀑秋色
234 | 董村，微雨色调
235 | 它们带着神性的光环降生
237 | 在目光触及处腾出火焰的光芒
238 | 在越青堂，听昙花谈青瓷的裂变
239 | 被黑夜流放的灵魂
241 | 一场雪，让我找回冬天
243 | 让春天的浪花犁开幸福的麦田
245 | Jenry pizza
246 | 春天的木棉花
247 | 元江，我一路向南
248 | 邀约一场盛会
250 | 樱花盛开的季节
251 | 一个微笑的春天
252 | 英湖夜聚
253 | 在十八渡
255 | 霜　降
257 | 冬天，与一棵乌桕说话
258 | 灯光舔黑下午最后一丝光亮
259 | 剡溪，小镇直不起的小蛮腰
261 | 虚假地摇旗呐喊
262 | 盛唐是你

263 | **后记：愿我与你偶然相遇**

雪还在仰望之上
静静地下

雪还在仰望之上静静地下

——致米啦

用爱情追逐一场雪，雪
在高山之巅，纯白而宁静
铺盖在我宿命的前沿

穿越在命运的高速上，积雪
冰冻，生命的坡度倾斜打滑
甚至游移不定，背负巨大的风险

操纵那难以掌控的方向，那些
宁静的雪，让我感到从未有过的沉重
仿佛下在了生命的制高点上

堆积的思念，压弯理性的枝条
让我怀疑过以爱情的温度，是否可以
融化一座落满冬天的雪山

雪还在仰望之上静静地下着
仿佛从未停止，但你的冰洁高冷
足以让我感受此刻深彻的痛

樱花树下

一夜的冷，把时令
退回到风雨从前。打开的绿
叶尖向上，初衷不改

北风，摇动三月
飘落失意的魂魄。蝴蝶
扇动四月的忐忑

阳光穿过枝头
洒落叠加的光影，仿佛
树下的踌躇徘徊

思念是风雨中
被遗忘的流云。是千万朵樱花
漫山过岗，把寂寞开成春天

而你，像一朵透明的花
安然开放于寂寂旷野，无暇于
山外世界的潮起潮落

樱花树下，你是我
此生的孤独，是流年的倒春寒
却让我摸到人生最初的缠绵

一场爱情正穿过丛林

风在吹，云在赶路
一场爱情，正穿过丛林
架构在阔叶林的梦里

山水，纠集成堤
阻断退路。秋风失势
一路迂回向西

寂寞是今夜的孤月
被你抚摸的魂灵，深陷一场梦
一只狼，徘徊在你的窗前

从来没有一个女子
像你那么动人，让每一次
心跳，把光阴缩短

有些痛，睡在你
孤傲的目光外面，如同
影子散落在地上

五月的开场白

绕过挺立的高楼
风，把阳光揉碎在
清浅的水域里

五月的开场白
枝繁叶茂。每一片
都符合你的心意

雀鸟的歌声，和着
风的节拍，一声声
悠扬，悦耳。那么甜美

嗜睡的季节，白天
阳光，晚上雨露
弥补了大半生的失眠

绣球花漫过长廊，无限开放
黄昏临近，阳光舔着初夏的
汗渍，从城市的边缘褪去

路，悄悄伸进夜的黑
我转身时，风去留不决
还在枝叶间徘徊

在这样美好的日子，我
会在城市的上空
画下一个圆满的圈

建一处春天

思念落在水里，化作
清风。大地空廓渺茫
日子苦涩，阴沉沉的天
一个人的张望，那么

乏力无助。总有
一些失意像沙子揉进眼睛
滴落的眼泪，无声的
哭泣。期待下一个

站点，有你在等待
像很久以前的那一次相遇
不要那么陌生，可以是
你，走在前面

重塑一次郊外的散步
或者，来一次诚挚的牵手
建一处春天，相视而坐
微笑着，不离不弃

一颗星星遇见另一颗星星

多么珍惜。一颗星星
遇见另一颗星星，这
是人间的唯美。迷失的夜
将会黑暗、孤独

总是把自己丢失，迷茫
仿佛海浪，无数次涌向岸
把一次次的航行，溃败成
一滴被遗忘在岸边的水

那些树，把手伸向天空
默许你的援助，像
一颗星星期盼另一颗星星
星星相惜，多么美好

让绝望奔向冬天

期盼，是春天里一个
小小的芽，在微风中一叶叶
生长。每一个夜以继日

蔓延成翠绿的盛夏。轻风
拍遍群林，站在崖口静候佳音
固守的阵痛，苍白乏力

一叶一叶，凋零在秋天的谷口
数不清浪潮翻卷，起起伏伏
每一条细微的丝线，在沙砾中

找寻。让绝望奔向冬天
而风，却在冰雪中梦想
下一个春天来临

雨丝一般深入

偶遇在黎明前，雨丝
交织的思念，密集深远
仿佛，你是我今世的宿命

梦一般延伸，梦一般真实
避不开，宿命中注定的遇见
徘徊的脚步，深入雨中

所有的期待，就在眼前
梦一树，敞开胸怀的橄榄
念想一次，深层次的热恋

把手交给雨丝吧
去感悟一场浩荡的馈赠
感悟那冥冥中的至美

停止一切语言的表述
每一条雨丝，足以敲打
内心深处涌动的暗流

一场风

风，你是我的
黑夜隐去内心的虚空
让我借用你的手
拥抱每一寸温暖

每一丝阳光
扎进泥土深处
如一座丰碑，无法
找到替补的高度

这一生，我注定在
风的路口，站成一棵木棉
在群星灿烂的夜里
与你梦中相遇

时光祭

水中的脚步，不留
痕迹。日子清浅
如风嵌入岩石，无声
无息。开始遗忘

有些时光，重复着
时光。岁月无法停滞
如同衰老写在脸上
一天比一天沧桑

前进也好，回头也罢
这一生，做一个
无挂碍的人，梦一个
没有四季的梦

光脚的孩子

天空，慢下云朵
牵着我的思绪。鸥鸟
惊起浪花，移动黄金海岸
黄昏的渔船，远航归来

海滩上，我
是一个光脚的孩子
踩着柔软的沙粒，静静
遥望那辽远的航海

浪花，推着我的心事
一浪高过一浪
岛礁孤立，隔水相望
期盼风，带来浪潮的和鸣

沙滩，海浪，阳光
不奢望港湾的风平浪静
远航归来的人，多么
期盼抚慰的目光

在城市的六楼念想一场雨

让风再轻一些，在我的
思维之下。把窗打开
光线越过眼帘，隐约闪发
一丝虚拟的异彩

这个清晨，在
城市的六楼，念想一场雨
隐隐的痛，开始发炎
病变成三伏天无法消停的高热

一场雨，把我
带入季节的旋涡，构建起
一座城的废墟，把花园
荒芜在了城边街角

一切声嘶力竭的躁动
无法平息内心的虚空
唯有把一场雨，从念想中
脱化成橄榄的绿

孤独的窗

雨，给了绿叶
太多的伤痛，日子清浅
流星坠入的夜空，漫无边际
寂寞孤夜，你是我的宿命

思念成殇，绾成
解不开的死结。每一声
午夜更鼓，串成煎熬的梦
从黑夜到黎明。雨水

侵袭的日子，躁动难安
以长夜的苦痛，腌制每一寸旧时光
从此，我要把所有的门关闭
只为你，留一扇孤独的窗

像海浪拍击堤岸

风把雨，给了黑夜
沉入无底的深渊。每一朵
雨花，虚拟着拥抱的美丽
深陷在苦痛里

落叶轮回，把爱情
举起在高枝上，让风无数次地
回望，而你的身影却一再
摇曳在虚拟的梦幻里

像海浪拍击堤岸
你是否感知水的急切
踯躅的脚步，反复踩踏海的
领地，如绿叶簇拥花枝

处　暑

从去年到今天，我
用三百六十五天，为你
串成一个圆。从白露

到处暑，我把
二十四个节气盼遍，整整盼了你
一年。可你是否知道

每一天过去的日子，都有
我一个小小的心愿，我
不要狂热，也害怕

寒冷，我喜欢每一天日子
像处暑一样，和和暖暖
从今天开始，我要与你

一起，把这个小小的心愿
梦成圆，带着处暑的情怀
深入每一天

八月之歌

所有的沉默，都是
为了最后的发声。所有的期待
都是为了美好的开始

八月啊，请把狂热降下来
像水流一般，在低处流淌
潜心颐养你日夜操劳的身心

紫薇花开，喊出粉色的
爱情。季节闪亮辉煌的明灯
这一生，只为你歌唱

在人世间，你是我精心打理的
江山，每一首诗篇所承载的日子
如流星深入天际

脚下的泥土是真实的

把每一寸光，铸进
秋季的树林，铸进青绿
对大地的无限思念

阳光下，五颜六色的色彩
不是季节的全部，如同
风对云所说的每一个词语

把所有的疑虑，变成虚无
让徘徊的脚步紧靠泥土
唯有脚下的泥土是真实的

阳光下，爱情也是真实的
如同叶对花的执念，昼夜不停地
塑造花无可比拟的美

细语，不会像雨滴飘零

总在念想，会有一段细语
在耳畔响起，如同
星星钩挂在月亮，那么幸福

被风拥抱的夜晚，天空
多么晴朗，大地上花开遍地
绿色充盈思绪，随风飞扬

细语，不会像雨滴飘零
在每一个安静的时光
会从大地的耳际，深入心底

从此，彼岸不再遥远
语言间的距离，化整为零
十指相触，闪发神的光芒

惊扰的梦

蝉声隐去，在秋后
第一片落叶里，炎夏的余热
被秋虫舔尽

甲子时光。轮换了
山水的辞令小调，重置
一曲春花秋月

又到白露，芦花
飘飞的梦里，有你，有我
日子微凉，而天空

越发高远。思绪
是一只多情的鸟，徘徊在
记忆的湖光山水里

把远去的每一段时光，封存起来
宠着你，含着你
如一个怕被惊扰的梦

小阁楼

思绪，绷紧数不清的心弦
花朵盛开，却多么像遥远的彼岸
无数次心灵的碰撞，把黑夜
点亮成黎明，点亮成婆娑的光影

怡情的小阁楼，广阔的世界
那么渺小。马蹄踩踏我的草原
反复穿刺狭小的意念，涌起的浪潮
一次次退回海平线

所有的语焉，有意无意绕开主题
却把主题衍生成精美的时光
笑语轻吐，雨水漫过窗台
目光轻触，心的频率羽翼扇动

时光多么美好，把往事翻成书卷
远去的记忆，长满青衣小帽
日子轻慢，煎熬成一贴思念的汁液
敷养那淤积成疾的伤口

花朵催开的岁月

如果可以把时光折叠
我就把它折叠成一棵忘忧草
在命运的十字路口，把你
折叠成美好的记忆

浪花，溅起岁月的波纹
每一次航行，都要历练
殇戈折戟的伤痛，触动生命
烈火煅打的利剑

花朵催开的岁月，火焰
燃烧，怀孕的猛兽吞噬时光
舔尽大地的绿，你隐藏的胴体
裸露出折射的光

取一段光

光浮出水面，阴暗
开始隐退，如一棵
开枝散叶的树，举起
一片蓝天

是否所有的山体，从此
全部打开，把雨水
海绵一样吸进体内，这样
才有足够强大的内涵

取一段光，点亮自己
把生活，过成诗与远方
让人世间，所有的遥远
从此，没有距离

敞开胸怀，人生便是
阳光树下的一杯茶，选茶
冲泡、姿势……浓浓淡淡
构建的简短人生

阳光透过十月

月光是浅浅的，如同
我置身于他乡的身影，孤单
清静。在深秋微凉的薄夜

念想一段前尘往事。风
掠过，如一枚枚飘零的叶子
把最后一叶秋天逝去

雨水滴穿梦想，时光泛黄
深色替代季节的宣言，在梦的
边缘，托起花的冷艳

流星划开夜空，点亮念想
把稻谷的金黄，折射成一山繁华
一切美好，如阳光透过十月

吹动的风

期盼的目光，是
一树熟透的柿子，高挂在
思念的山边。每一次
跌落，总是根叶相系

把许多痛叠加成心甘情愿
无数失眠的夜，把寂寞
串接成深秋，在徘徊的梦中
一叶一叶老去

距离那么近，却无法
逾越眼前的苟且，如柿子的红
始终无法渗透天空的蓝
唯有风，在一往情深地吹动

唯　一

让思念着陆，在
梦的边缘，你
是我的唯一

每一次，把生活
的风帆挂起，你
是我的唯一

把每一首诗
注入你的血液，你的生命
无限延伸

而我的每一首诗
也是唯一的，如同
你的高贵，只属于你

你浅浅的笑

总是在夜深人静之时
虚弱的脾胃，涌动起前世
的宿怨，隐约的痛
搅动微弱的梦，把我
整夜折腾，而我
却无力翻动前世的梦

总有一种微妙的感召，在
冥冥之中呼唤，如一丝
黑色丝线，穿起你我的前世今生
无法回避，也无从摆脱
巧如北来的风，一路向南
苦苦寻觅一方春天

岁月洗涤的人生，日渐消瘦
如露骨的情感，在寒风中战栗
每一次回望，你脚步凌乱
信念，如寒冬的光线
微弱地牵扯着一帘幽梦
风雨中，依然有你浅浅的笑

最后一方空白

当时间再次让天空暗下来
殇折的羽翼，把旷野荒芜成悲凉
一些流淌的念想，随风而去
而树欲言又止，让所有的语言沉默

这里，爱情曾经来过
怒放过紫藤花般的信念
草木葳蕤，一路向东
一段时光，镌刻着另一段时光

被季节流放的热浪，在
麦田的小径里，初冬反复把沧桑
提炼成晶莹的霜雪，任凭
北风，徘徊在太阳没落的黄昏

山水依旧，而色彩百变
信念无数次翻滚，无数次向北
迂回。那些冷漠的目光
把最后一方空白，留给春天

大 雪

多么期待一场久违的雪
一场带着落满记忆和乡愁的雪

那些年，童年如雪
纷纷扬扬地下满美好的春天

如今雪走天涯，而记忆却
越陷越深，如同候鸟把满满的乡愁
迁徙到曾经的梦里

多么念想，一段被融化的时光
一段风雪交融的青葱岁月

而此刻，时光催我满脸沧桑
迎风遥望，海角无底蓬山远

今夜，北风绕过西窗
老旧的记忆把封存的冬天洞开
飘洒起一场久违的大雪

冬夜思绪

炭火还在燃烧，灵魂
的烟岚，飞跃火坑
在冬夜的寂寞里，冰冷

代言深远，封杀思维
蜷伏在，案前的肉体下
如同，冬眠前的猛兽

烦躁不安地，舔着梦的绒毛
一个长夜，被遥远的涛声
浸润，浪花翻飞

每一声，都是那么的熟悉
盐水浸泡的躯体，忘却
生活的疼痛。灵魂的鸥鸟

飞跃海岸，寻觅另一种颜色
以静谧拯救自己，而影子
牵着灵魂的手，越拉越长

寂寞梧桐

误会，无法消停
是一条蛀心的虫，噬咬
玫瑰花瓣

风，背负冬天的痛与冷
以带血的翅膀，寻觅
春天的边界

婆娑世界里，那个
孤独的行者，以一棵寂寞梧桐
于茫茫旷野里茫然四顾

跌落尘埃的风筝

日子，开始降温
水掉到冰里，阳光越来越冷
在苍茫辽远的大地

霜花抚摸的草叶，枯萎
色衰。一只惊恐的鸟
将一段春光吞吃

风静下来，如一只
跌落尘埃的风筝。时光进入
冰点，让生命蜷缩在零度

期待一场雪

那些晶莹，那些
雪花的眼睛，多么喜欢
你眸子里的清纯

像一朵初开的青春
每一片，都带着小小的愁怨
让人陷进雪的窟窿。爱

无法自拔
风，吸干云的眼泪
却无法抹平大地冰冻的创伤

期待一场雪，许我
温暖的梦，去抚平
你眼眸里冰冷的愁怨

念一朵花

雨水
滴穿花的心事
满腹愁怨

腊月
花开折枝
让寒风停下

阡陌间
有你隐去在光速里
舞动的身影

唯有那
徘徊的脚步
未曾停歇

从一场雪到另一场雪

一场期盼已久的雪，姗姗
来迟，一朵压着一朵
叠加的白色世界，那么纯洁
仿佛，倾注了雪对
大地的深刻思念

一场雪洋洋洒洒
山川、河流、村庄……
思想深邃，漫过记忆的窗口
踏雪而行，仿佛
飘飘洒洒下了千年

雪花思念雪花，从一场雪
到另一场雪，把尘世的
喧嚣与浮躁放下，把
这纯洁的雪，默默留下
留下来，一个人轻轻念想

腊八的一场雪

又是一年腊八
窗外，那丝丝细雨
是一个人的念想

谁在期盼，一场
久违的雪，好唤醒
蜡梅入园的香

燃一束礼佛的清香
尝一口腊八粥，沾
一朵雪花浅笑

而今，白雪化作
冬雨，唯心头那点
痴，缠缠绵绵

拿雪说事

拿雪说事，一朵
或者一片，都是
冬的心事。一朵雪花

牵动对冬天的
无比怀想，每一处留白
有你前生今世的印迹

一片雪，覆盖了
江南的山川草色，却
积淀了冰冷的心事

每一朵雪落，夹带
着风钻心的隐痛
一丝一丝，深入心底

涅　槃

这是春天前，一场
最为苦痛的抗争，一场梦
从我体内醒来

如果说，黑夜孕育黎明
那么，我让霜雪孕育春天
春天就不会那么遥远

如果说，一定会有一场
惊天的裂变。那么从此选择
天涯为家、为梦

黑云压顶，梦一场
即将来临的暴雨，而我
会等你在雨后涅槃

兵荒马乱的日子

风，带着春天的暧昧
吻我三月的梦想，桃花掐住
跳动的命门，诉说大地
的心事。爱情这座无形的墙
把日子堵得兵荒马乱

风吹雨打的日子，大地
静脉曲张，阑尾的炎症穿刺
每一个细胞，把岁月的枝叶
焦虑成殇，却不堪回望那
一地落黄的忧伤

隔水相望，是一岸
静止的树，把风摇动
深不可测的水下
每一个微笑，溅起小小的浪花
望得见，却穿不透

小草读出春天的嫩绿，焕发
青春活力。海棠怒放的日子

脚步如水，轻轻流淌
星空下，抱一缕阳光入梦
而你，是我含着花朵的南风

抚摸伤疤的女人

此刻，我只想在你的身后
捡一叶飘落的星梦，在
寂寞的枝头，绽放一个小小的春天
小鸟一般拥抱一方蓝色的天空
在阳光下，自由的歌唱

你有你的人生高度，我
有我的历史使命。只要彼此
间保存那份真与诚，那些
飘零的风风雨雨，皆是
人世间，一道道和和美美的风景

我爱你的红花绿叶，而你
是否念我沧海桑田
春天尘封了结痂的伤疤，而三月
却在空旷的原野，思念
一个抚摸伤疤的女人

花瓣落在心中

清明，是穿着
小棉袄来的，乍寒还暖
粉色的肌肤，略带
春天的心事。桃花托起
曾经的梦，在你的目光里
蝴蝶一般地孤独

绿色，埋葬冬天的残躯
奔向高地，展开青春的枝叶
时光，把古老的往事
遗落在身后的路上。恰是
花瓣落在心中，微微震颤

风，带着春天的暖昧
吻我三月的命门，大地
诉说心事，却
穿不透爱情这堵墙
小草读出春天的嫩绿
在三月的记忆里，有你
花朵一般的笑容

一朵李花的白

三月，这个
李花书写的春天
一朵花的白，填补山的寂寞
这一路怒放，多像我
曾经的年少轻狂

一朵花，磕开
天空的蓝。而我
也曾憧憬梦想，如春风
催开花朵。满树绽放
却在回首的路上

念想，在风雨中
泅渡，撬开一段
远去的历史。在三月的
指尖，每一朵白
举着一瓣精致的回忆

期待，是多么的美好
静静地，在梦里泛黄泛白

这些李花的白，也曾
灿烂也曾芳华，也曾留下春天
最痛最美的伤疤

岁月的光波

你曾在苹果树下
思索花朵的怒放，幻想
十月的成熟。而今

山色丰盈，硕果落满枝头
季节的秋风，浓重
而深沉。而你

只想要一树怒放的花朵
在三月的光影里
蝴蝶一样，打理翅膀

轻轻松松，扇动
岁月的光波。把生活的一些
阴暗，用画笔涂写成

晴朗的蓝天。坐下来
慢条斯理地喝酒、吸烟
或者，一起漫步山野

在初秋的宁静里

波浪绕开烦忧，徜徉着
风抚树叶，莎莎而去
鸟儿唱着节日的盛歌，快乐着

玫瑰花开，一朵接一朵
蜜蜂奔忙着，无数的玫瑰
装点节日，敞开青春的枝叶

八月的梦想，浓浓烈烈
抬起高贵的双眼，远眺
唯有狂热依旧，追逐昨天

每一次伫立，你是我今生的
幻梦。在初秋的宁静里
我要你，开出三月的芬芳

点亮黑色念想

风，荡起海的波澜
深入梦。静谧的黑夜
你的目光，穿透我心的提防
点亮黑色念想

寂寞旅途
引渡一颗卑微的心。白云翻卷
以泅渡之势追赶月亮

在你的领地，举起的手
试图敲门，却始终无法逾越
红色防线。每一次入侵
败退在心的边界

而此刻，梦在梦里徘徊
黑色念想，像风
离开树，在黎明前睡去

结痂的伤口

当，秋天从树叶上掉下来
一些伤口，便开始结痂
思念，静成晚风

秋虫隐去的呢喃，藉成
秋夜的薄凉
一阵一阵，穿过浮躁的心

从黑暗里醒来，把黑色
留给黑夜，以一双殷实的手
深切拥抱黎明。而今夜

我们谈未来，不谈过去
以一些新的话题，把晨光串起
闪发的光芒，从树叶

击碎的影子里，鲜活起来
田畴上，谷粒以金黄渲染
如同你挂在脸庞的喜悦

虚　空

想念的日子，多么
漫长，如柿子的红
入心入梦

乡村寂寞，季节
跨过的时令，黛色忧郁
布满深邃的目光

紫薇还在开放
粉色花朵，多像你曾经
写在脸上浅浅的笑容

小风小雨的季节
日子虚空，如秋风掠过
离愁，落满黄昏

玫瑰的花事

九月，玫瑰的花事还在
秋风薄凉，思念鼓动红色梦想
芦花一般，轻轻放飞岁月

鹭鸟翻飞，寻找过冬的食量
隔岸相望，徘徊的脚步
带着深秋的饥渴，以槐花轻扬

溪水落寂，沉重的心无法开启跳动的命门
从此，我要把每个日日夜夜
以爱的诗句，流淌在你生命的血液里

青春遗忘在沸腾的三月
而我们，不能再次丢失美好的时光
要在青春遗忘的角落，找回自己

生命扬起的红色风帆
一颗虔诚的心，驾驭生命的航船
再次燃烧一把奋发的烈焰

雨中的伞

三月
桃花落地
撞了谁的沧桑

燕子回头
呷一叶春天
苏醒一个季节

风雨中，我愿
是你撑开的折伞，默默
倾听你浅浅的呼吸

而我
只想为你梦一个
春花秋月

宿命中的灯芯

想你的日子，桃花
落在梦里，柔柔的
牵动我的魂魄

每一次“闲聊”，都
那么静，如梦深入水里
不知不觉

喜欢在
黑夜的柔波里，把你
轻轻牵入梦乡

光落下来，把黑夜
点燃，而你
就是我宿命中的灯芯

那么温暖，那么美好
耳鬓厮磨的日子，玫瑰花瓣
落在十指心间

九月的曲调

九月，石榴
抱红籽粒
秋天
开启微凉模式

在这个
失眠的夜
我，静心倾听
夏虫
最后的弹唱

那
凄美的声乐
多像一曲
经典的
人间《告别》

而月亮总是钩挂在窗轩

季节掩盖真相，把疑虑
深埋进心底，独自吞吃苦果
残缺中，总有最美的念想

不食人间烟火的人，在黑夜
找寻生活的起点。白鹭翻飞
无限扩大城市。霸占的文明

被野蛮戕杀在美丽的麦田
没有光线的夜里，虚构的美
把我刻意成一盏摇曳的灯

白鸦啄食熟透的果子，孕育
下一个春天。疲惫的你
把时光停息在生命的十字路口

像树木一样静下来，疗养生息
把远离五谷杂粮的人，遗忘在城市
在这样的夜里，我却深度失眠

一颗星星落下来，让我离开
移居的城市，去阡陌间找寻美好的影子
而此刻，月亮钩挂在窗轩

这些秋天的孩子

这些秋天的孩子，爬满
我的阳台，阳光而自信
仿佛风雨从未来过

苦难与疼痛
泥土一般交织，在十月
擎起菊花的春天

阳光抚摸花瓣，如同
抚摸一个失宠的孩子。而我
索居在孤独的城市里边

每一朵花絮，触须延长
她们正试图穿过冰封的栅栏
在我的阳台，展望另一座山

柿子的预谋

这些柿子，是有预谋的
是在一个秋天的夜晚，带着
季节的暗流而去

每一只柿子，都藏着小小的心思
甜蜜而又快乐。这多么像深入的九月
体内挤满四季的雨水

打开柿子，便如同打开
一座山的内核，丹霞地貌上
还有三月岸柳的眺望

那些记忆与念想，在秋夜
的雨水里反复鲜活，侵入柿子的
预谋，如一只饥渴的狼

守　候

这个冷色的季节里，高举
七月流火，欣然读出你的名字
读出春天暗哑的浴火

三月在我体内燃烧，我把
所有的失落，斜织一张虚无的网
静候在你流经的路口

无法顾及内心的痛与冷
绝不放弃，哪怕一万次绕道
而行，依然期待点亮星星

黑夜，丝绸一般柔软

此刻，黑夜归我主宰
隐匿在光的背面。刀锋掠过
虚伪的羽翼，应声而断

在敏锐的黑夜里，你是恐惧
冷漠的代词，如一束惊悚的目光
穿透无底的深渊

而我，在光的折射中反复诵读
黑夜的柔软，温暖的黑漫过来
丝绸一般，嵌进我的思绪

风吹动黑夜的叶子
而梦不为所动。黑夜里
睡梦是甜蜜的

云朵也是孤独的

在你的静穆里，水在水下流淌
这是另类的思念。而我
只想让一滴睡着的水醒来

一滴水，如果流进一粒种子
便会让一朵花，开出一个完美的世界
在梦的深处，水静静流淌

在高远的天空里，水依然是
流淌的主题。云朵随风飘荡
高处的水是孤独的

云朵也是孤独的
远离大地，你无法流淌
在水下，花朵为你开放

水还在流淌

灯火，再次熄灭
水还在流淌。仿佛烟蒂
把黑夜，烧成一点猩红

月光下，踩痛我的女人
还在哭泣。她背对槐树的光线
影子，却藏得无影无踪

夜色里，世界拥挤
目光偶然相遇。黑暗中
遥远而陌生

街 角

街角的灯火
熄灭了
水还在流淌，
那么久远
那根燃起的烟，一闪一闪
多么像
黑夜深处的梦

四月，卸下琴弦

播下的籽粒，把根
深入巢穴。破土的芽
走向饱满的春天

四月，我卸下琴弦
斩断最后一段人间至爱，把自己
禁锢在一座荒芜的寺院

雁阵一再向北，高飞远行
人间失重，生活的边角落里
我却不知道如何置放自己

仿佛，三月的落花
洗却红尘青绿，掏空的果木
蔫了人间繁盛的枝头

流水回旋，带走梦想
带走午后醉美的春天，徒留
雨水，在孤独的旷野嘶鸣

一场雨的情绪

七月，下一场袭满情绪的雨
绕开满山荒凉，驻足青葱的领地
肆虐的风，荡平老旧的波纹

山水组合的方阵，是我人间
最美的初恋，河水围成一弯情史
隐入蓝天白云的掌心

那些水，见证过涉足山谷的游客
收藏过花开花落。也曾把每一个白天
与黑夜，折叠成美丽的嫁衣

星星记取遥远的思念，把每一段
初恋藏入水中，水中没有伤口和疼痛
唯有昼夜流逝的春花秋月

风平浪静，一切那么虚空
山谷、河流。百合花肆意地开放
水流之中，云朵也是过眼烟云

这个七月，我言屈词穷
在穷途末路中翻开一座山，臆想
在山腰开辟一路绝世风光

谁是我的梦里愁肠

山水，把春光打开
杜鹃新开，如四月的初夜
在大地上落一点紫红

我无缘桃花，错开玫瑰娇艳
徒留半世遗憾。而此刻
我只想在你的血脉里摘一叶馨香

远山如黛，山色静美
看春风放逐粉红的季节。今夜
谁是我的梦里愁肠

杜鹃的花事

沿途而上，石板铺就的山道
幽深而高远，直达梦境
仿佛似曾相识

赏花的人，来来往往
来来往往的人众，怀想杜鹃的花样
找寻春天梦想

布谷落寂，聆听人声
此起彼伏，揣摩着南来北往
不请自来的声腔

青草漫过，桃花落红
在这个樱花烂漫的季节，杜鹃
正好倾吐四月花事

那棵冬天的紫薇

且把你，当作一棵
紫薇，一棵冬天里的紫薇。
此刻，你落尽所有绿叶

只剩下赤条条的枝干，似在
抗诉一段不平的往事
让我仿佛只看到你的冷艳

仿佛夏季，遭遇一场
肆虐的疾风，把青绿的时光
埋进深冬的泥土里

而此刻，春天正打开
冬天的血脉，如同你耸立的枝干
对绿叶深刻的念想

阳光掠过，那些水
正在悄悄唤醒那座冬眠的城市
还有，那棵冬天的紫薇

桃花小令

冬风吹起雪落，吹起梦的羽衣
寒冷吻过的日子，岁月峥嵘
唯有你，是那寒夜里的一抹晶莹

梦中的火，点燃夜阑人静
一再洗劫我青葱的午夜时光
而我，今夜无眠

我的失眠，是冬天一场
避不开的桃花劫难，如冰花束起
子夜幻梦，独自孤芳零落

多么念想，有一场春风的怒放
催开那冰冻的桃花三月。依栏红尘
只为你，吟唱一曲别样的桃花小令

一个人的咖啡屋

虚拟着，暗淡的光线
仿佛闪发你的笑容，一些影子
一再抚摸我心的伤口

对面的位置空着，无法
虚构。仿佛故事将被愚昧
强行掏空，徒留孤独

一个人的咖啡屋，填满
寂寞。乌云密布的格尔达森林
梦在激烈的翻滚

绿叶构想的三月，有
花的样式。一些无谓的风操纵
一场爱情，水还在雪的内部流淌

在冬天要一截跳动的火

在冬天，要一截跳动的火
温热冰冷的躯体。月光向下
在黑暗中，轮换火的方向

季节的轮渡，在冬天的码头
安放凝重的思绪。我的风衣飘过
南方的丛林，在十字路口守望

那些忐忑的树叶，加入
送葬的行列。记忆开始模糊
把许多断断续续的篇章埋入泥土

无数次站立，无数次倒下
爱情一般苍白无力。有时候
冰雪，刀剑一般穿过柔软的灵魂

一杯又一杯。饮恨不尽的无助
中年过后的年龄，已经没有
过多爱的资本换取失意的人生

慢慢地飘过去

你说，云就是
雨的梦，如同
水中的影子，眨眼

向雨微笑，向雨诉说
云的前生今世，把
飘动的一切，刻进水的心里

当风，再一次吹起
你修长柔美的黑发，仿佛
青春的橄榄，把

云的手，引入水中
只轻轻一碰，梦一般散了
只留下那一湖的记忆，慢慢地
慢慢地静成云的模样

流淌的水

在你的静穆里，水在水下流淌
这是另类的思念。而我
只想让一滴睡着的水醒来

一滴水，如果流进一粒种子
便会让一朵花，开出一个完美的世界
在梦的深处，水静静流淌

那高远的天空里，水依然是
流淌的主题。云朵随风飘荡
高处的水是孤独的

云朵也是孤独的
远离大地，你无法流淌
在水下，花朵为你开放

灵魂快过我的脚步

夜幕是水的选择，用
黑色表白爱慕和思念，在
铺满影子的通道上，灵魂

快过水的脚步，拥你而行
而水的肢体，总是那么迟缓
无法完成灵魂的授意

你闪亮的目光，是心头
无法摆脱的念想，却一直
在我的前面逃避，恰似

花朵在叶尖上偶尔的害羞
绕开水的流淌。在三九严寒
明媚中，每一次想你

花朵，阳光一般地开放
在寒风中，旁若无人的牵动
灵魂的琴弦

春分，悼念一段恋情

一段恋情的殇亡，水
一般脆弱。风推波助澜
下一场远离春天的雪

雪还在岸边掠夺，残酷地
戕杀春天一场深刻的梦。桃花
落幕了，青草枯萎了

悼念一段，前夜的恋情
玫瑰结出的花瓣，零落成泥
回望的人，捡拾殇亡的尸体

三月，悲凉成殇
狂风肆虐，反复追问苍天
为什么美好的季节叫春分

我若是鱼

不能忘记，也不曾离去
只是把伤痛藏进海里
吃进去，又吐出来
我，独自一个人
抚摸那颗破碎的心

我若是鱼，你便是思念的海岸
无论天涯海角，只要你在
再苦再痛，海水不会干涸
不会决堤。在每一个孤独的日子里
再深再远的游荡，也
无法忘记遥远的你

都说鱼儿离不开水，而我
却迷失在水的光影里。海水泛滥的日子
风高浪急，但每一寸时光
都沉浸在温馨的海水里。而今
我只是一尾孤寂的鱼，一尾
在深海里寻觅海岸的鱼

那叶风中的柳

我曾幻想，在黑色子夜
以手指穿过你的黑发。曾无数次
在黑夜里抵达你的梦境，而你
就是那叶风中的柳

你独自舒展柳腰，在风中
展示你的春天，忽视我的存在
零距离与我接触，递给我
春天的向往。而我却那么孤独

我也曾努力，要忘却所有的苦痛
忘却那柳叶转动的优美与自若
春天刚刚开始，一些词语
却在我面前相继飘零、落魄

雨还在下着

雨还在下着，那么幽怨
花朵开放，任性而舒展
多像你自信甜美的笑

你用转身，写下
我所有的忧伤，仿佛
所有的美，用花朵凋零

无法忘记，你爱笑爱闹
那无所顾忌的言辞，让一场雨
停下来，在命运的端口

请别说分离好吗？那只是
一场游戏。我读你的笑容
读你的言辞，却读不懂你的转身

那些飘零的花瓣，刻下
销魂蚀骨的样式。开放那么美好
让人念想，让人伤痛

思念是一场无法消停的雨

想你，在每一个日夜
想你，在每一寸光阴
仿佛生命汲取在思念的雨水里

记忆长成的苔藓，绿了春天
三月，海棠溃败，在温柔的春风里
碾压成厚重的心事

在宿命的掌心，你是我
回不去的眷恋，日子冗长而虚无
绾成漫无边际的苦难

在这个失意的季节，思念
是一场无法消停的雨，下在我心里
花一样怒放，花一样零落

鱼一样遗忘

一定要用爱情写下一些词语
展望未来，也悼念过去
要用你我两人的语言读懂

把蓝天、白雪、星星、咖啡放进回忆
用散步、聊天、溜车替代从前
有些记忆，在蓦然回首中化作泪水

从此，不再相信爱情
因为春天，以虚假背叛了真诚
让风伤痛，让乌云抹黑蓝天

让风孤独地在黑夜里丢失自己
让风不再相信自己，也无法原谅自己
在黑夜里，风卑微在对你的思念里

如果悔恨可以弥补所有
那么，从此我将闭口不语
鱼一样游动，鱼一样遗忘

转世的桃花

你，在春天的小雨里
你，仿佛桃花转世
你，被花托举在晴空里
带着雨和雪，行进在寂寂小路上

仿佛，一条钻心的青虫
啃食怒放的花蕊，结痂的伤口
有些痛，雪花一样无法消融
铺天盖地，席卷我疲惫的躯体
无法克制，每一寸肉发出撕裂的酸痛
昼夜不停，折磨一颗消瘦的魂灵

时光漫长而辽阔，任一朵
桃花无所顾忌地尖叫。你曾尝试
把封闭的思维打开，用理性
的针尖，刺激你灵魂的穴位

在漫长的夜色里坐卧不安
高枕思念的痛点，千百次把从前梳理
把爱一次次放大又缩小

把爱一次次肯定又否定

可是，我爱你
像追一朵转世的桃花，追进
深深的雨季里。桃花落地
而我的灵魂却无处安放

无法安静的灵魂

深入夜，内心的伤痛
不停地发作。卑微的灵魂
无法安静

月光落下来，在黑暗深处
迷失。唯有水依然流淌
恰似生长的麦子，鲜活着

这是神的旨意，要让我
承受人间的苦难。汇成的诗篇
在深夜里悄悄流向人间

你均匀的呼吸，仿佛婴儿般
深度睡眠，如果你忘却人间的苦难
便无法感知心中此刻的伤痛

一切都在远去，一切都在
静静地消失，恰似流血的伤口
苦苦挣扎，真挚而绵长

你的目光还在

有些相逢是必然的，比如
一次黑夜里偶遇。在昏黄的灯光下
读取你清澈的目光，善良与真诚

爱情的火焰。从此让你走进
我的血脉，栖居在灵魂的深处
让一颗虔诚的心，日夜不安

时光远去，而你的目光还在
闪动在我生命的夜色里，一如我
此刻的回忆，清澈而明亮

谷　雨

在江南，你是最后的春天
桃花随风而去，落下的种子
未曾破土，沉默在泥土里

细小的雨水，踏着青绿而来
带着风的嘶鸣，停歇在
西窗阳台的坛子里

玫瑰沿街而开，宣布一场
与我无关的花事。目光之外
燃烧着无谓的火焰

风，去留不决
在春天这个最后的节令，你是我
最为苦痛的抉择

我曾梦想

我曾仰望雪莲的洁白
在高原之上，日光之下
冷酷而高贵

目光相拥，水一样静谧
虔诚而安详，抚摸你
羔羊般善良的心

我曾梦想，要在江南
建造一座北国庄园，蓝天下
梨花一般绽放你的影子

我要亲手打开春天，在三月
躬耕粉色土地。播种大豆、玉米
马铃薯，微笑和喜悦

念你宠你，去帕米尔高原
收获播下的种子。在灯花爆开的夜里
我们十指交叉，相互取暖

遇见生命里的另一个自己

让风静下来。让雨
停下来。让花朵
开放。结出甜美的果实

让噩梦醒来，从此
笑脸相迎，温馨和美
春天的枝头绽放灿烂的阳光

从此，日子安详
风平浪静，和美的言辞
再不互相伤害

世界那么大，人生的转角
那么小，遇见春天
遇见生命里的另一个自己

一朵玫瑰开了又谢了

一朵玫瑰开了，一朵玫瑰
开了又谢了。黎明之前
一朵玫瑰凋谢在我宿命的前沿

一朵玫瑰的凋谢，让
千万朵玫瑰花花容失色。四月的春天
大地，落满黑色的玫瑰花瓣

用一朵玫瑰，悼念另一朵
玫瑰，千万朵玫瑰低下
头颅。在另一朵玫瑰面前

黑夜里的花朵

当所有的花朵闭合，你
却以虚拟的开放示我，似一朵
初升的星星，把我的黑夜点燃

在黑夜里，我曾为你狂奔
忽视过你闪烁的光芒。而你
就是我黑夜里的花朵

生命衍生，心灵
碰击，那闪发的火花
是黑夜里漫长的灯

火光熄灭了，黑暗消逝了
时光从黑夜醒来，那些
干瘪的黑，点燃黎明

在湖边想一些往事

把往事圈点，排列成诗
任古老的韵脚，点燃从前时光
点燃往事残缺的记忆

有些记忆，成为遥远的痛点
落败的青葱，干枯成一截美丽的标签
兀自在岁月的风中摇曳，那

多姿多彩的梦，是彩虹
虚幻的化身，美到极致的陨落
一切沧桑在时光的刀背里风化

我曾怀疑过你的媚骨，可毕竟
难抵你三月的妖艳。在玫瑰的花束里
一天天自甘堕落。一切

都为时已晚。毕竟你是我命中
无法挽回“错误”，往事不堪回首
截断退路，是你唯一的退路

宋　梅

多像一个人的名字
没有记忆，不能忘却
只淡淡一笑，就

满室馨香。那是春寒料峭
最美的一个季节，让一个梦
从三九严寒醒来

让念想开始发芽。看到
你的倩影，娉娉婷婷
有春天的绿波，浓浓的情

宋梅，那么多年过去了
而我却念念不忘。恰似念想一位
古典的女子，念想一朵花

轻慢时光

山路不会迷失。在森林的
尽头，请把你关闭的柴扉打开
再度我一段，轻慢的

红尘时光。仿佛世间
所有的期待，如三月
花枝，含苞待放

仿佛，你心灵深处
低低的鸣唱，突破堤坝
从彼岸奔流徜徉。秋风

剪去凌乱的枝叶，阳光
和美，请用你浅浅的笑容
弥补我流失的钙质

黑夜里张望

看不见，却听得见
仿佛一张网，被星星点亮
架起你我的桥梁

距离、速度
哪怕你是在火星对面，我依然
可以聆听你的心跳和柔美

星星划过苍穹，点亮夜空
每一个我，都在静谧中
聆听你夜幕中的声乐

悼念一场殇逝

风停雨止。让波浪静下来
黑色花朵于黑夜中枯萎。无可触摸
那黑色的月亮和星星

车子缓慢行驶，如冬夜的
又一次浪漫。那些轻快的语嫣
和你俊朗的目光开始复活

失眠的咖啡，你是否要
再一次让我唇齿相亡，仿佛
未尽的缘分夜半的骚动

每一次邀约，那燃烧的烈焰
如浪花高举夜空，闪动黑色火焰
目光相触，是神性的光芒

声音依然那么磁性，仿佛
风铃在寒雨中骤然落地。黑暗中
粉色笑脸，如桃花一般艳丽

追一朵桃花的去向

十月，桃花跌落
血流成河。初冬薄凉
把每一分时光刻成痛点

卑贱的言辞，充当邪恶的信使
折断桃花的头颅，让玫瑰花园
失却最后一片青绿之地

午夜深许，惊起三月青梦
开放的每一朵桃花，曾经的誓言
蜚语成畿，溃败许下的诺言

回忆是游动的鱼，吐纳
花朵的艳丽。轻嗑关闭的玄门
追一朵桃花的去向

逃逸的风

那些消瘦的日子，曾
行走刀背，孤独如冬天的影子
粗暴的风，在叶尖留下强吻的印迹
爱情江河日下，花落色衰

时光，一再从雨水中消逝
黑暗的洞穴，一再呼唤你的乳名
日夜指望你口吐莲花，以
一生的疼痛，开成思念的花朵

请把怨嗔的脚步留下。停驻
一如阳光抚摸寒冬的枝丫。在
这个苦寒的季节，为春天
酿造一个青绿的三月

忘忧谷

把初冬的薄凉，拽进阳光
空旷的山谷。深秋驻足的山坡
在枯黄的草色里深度睡眠

登山的路，在心底蜿蜒
我几度停车，找寻一株失散的木棉
而在高扬的荻花丛中，那

一棵小小的草，仿佛
郁积心头的忧虑。那杂乱
纵深的草木，百思交集

在忘忧谷，我只想
见一棵带伤的草——忘忧草
听一听遥远而贴近的名字

多想把你移栽，从此
扎根内心的湖畔。仿佛
一场深重的洗礼，从

底部开始。仿佛一处
荒芜的深谷，可以羁押
一个不安的灵魂。把

多余的念想揭开，深秋的面纱
让初冬露出素淡的笑容，从此
忧虑不再，如风吹雾霾

云朵，思潮一般翻卷
在这旷远古老的谷底，我一次次
反复诵读你的名字

烈酒一般的孤独

那么憔悴，像一枚凋零
的叶子，找寻一处歇脚的角落
把自己，裹进安静的泥土

多么念想，远去的故事
仿佛阳光依然灿烂。孤独之光
在记忆里吮吸你浅浅的笑容

叶子放下花朵，春天
远去。翻卷的波浪在平静的水下
点燃记忆的梦想。风一般摇曳

一任乌云挡住天空
月色光华，在思念的窗棂闪耀
放下的心依然神伤。从此

什么都不说，静下来
静成一袭疲倦的风景，让惊人的
诗句，延续一段金典的花开

喝一盅烈酒一般的孤独
在雨雾中，念想一次十指相扣
用你的笑，开一朵指尖的花

白　狐

都说白狐，像操作一个
热门的话题，而我只挑选
最妖和媚的词语疼你

我的白狐，是在桃花树下
宠出来的女子。一个纯洁温良的女子
被俗世用情所伤，修炼成精

从此，与我反目成仇
隐入我的心底，日夜撕咬
而我，用你的媚笑

腌制隐隐的痛。那些
追捕的人，只为你的皮毛举枪猎奇
违背你，与生俱来的妖和媚

扇动的翅膀

当再次落笔，已是小满过后
平淡的五月，跳跃着
一些纷繁复杂的事。紫薇
已成为此生最大的疮痍

一只落单的蝴蝶，站在
伤口之上，静看五月抽丝吐叶
忧伤不期而至

那蝴蝶，偶尔
在烟岚里，读取明眸皓齿
补一补靓丽的笑脸，摄取五月
所有的黑暗、孤独和寂寞

这昙花一现的梦，流淌在
五月的水下。烟岚尽头
炽热的光，也在水下流淌
那蝴蝶扇动的翅膀

一切都静下来了

是陨落的星星，击穿
爱的翅翼。触及的指尖
再次无情地阻断

一切都静下来了，仿佛
风已经离开。微笑、悲伤和忧虑
再或是那企盼的目光

仿佛阳光离开水的界面，那么
平静。仿佛一切都是虚拟的场景
骨折的伤，沉潜在水的维度

那突变的风云，骤降到
零点的温度。登攀的脚步突然
滑落万丈深渊。像一次死亡

如果无法一起迈步，这疲倦
的停歇，搁置在静美的风景线里
而你说的再见，那是一个

多么沉重残酷的词语。如一把
扎入胸腔的刀，让一颗温热的心
也血流不止。在死亡边缘

我不期盼另一次重生。修行
或者苦度，在岁月的慢道里
像一个苦行僧，修复伤口

子夜独唱

黑色影子走进黑暗，黑夜
长出孤独的肋骨。蝙蝠
在城市的窗台吹奏月光，要
在黑暗中吐出影子

今夜，你是疼痛的代词
野兽嘶吼一般地歌唱！有腔，有调，有派
打乱一个城市。疯子一般的声腔
猛然撕裂黑夜的五色丝线

这低沉彪悍的歌声！是
子夜惊蛰的第一声惊雷，戳伤了
城市的筋骨。恍如一场突如其来的春雨
摧开大地。那破土的声响

这狂乱不羁的夜，一个
觉醒者的亢奋，孤独而完美
发芽，抽枝，开花，结果
是一声穿刺黎明低低的呐喊

今夜，要打开心中的疆土
放任惊涛骇浪的搏击。电闪雷鸣摧开
一段历史沧桑。掌心里的旷野
万马驰骋，绿茵如潮

而一个疯子。或者
一头发飙的野兽。那五味杂陈
孤独的吼唱，让一座城市的黑夜碎裂
复苏的孤独，吐纳一缕阳光

“这是一声惊雷！”一只蝙蝠强调：
是这一声惊雷炸响了一个春天
让城市所有的夜寐者醒来。他们以
黑夜的触角，感悟那孤独的吼唱

疯狂的子夜，让一个独唱者占领
这深沉的夜，颠覆的孤独寂寞
在独唱者吼出最后一个休止符里，戛然而止
孤独！寂寞！落入子夜太息

那余音，拽着碎裂的背影
受伤的黑夜扭曲着脸，血管暴胀
蹒跚的脚步，踏出壮烈的音符
黑夜，消逝在闪光的刀背

一盏孤独熄灭的灯！是
孤独者梦魇里的马车，一切复归平静
黑夜，孤独。寂寞的领地
每一束光，有思索者的天堂或地域

孤独的房子

灯光下，黑夜变得柔软
蝶花纷飞的季节，你是我孤独的
房子，藏匿我最深的心事

初春，曾带着惊蛰的记忆
抵达爱情的海岸，于你的领地
吹弹过欢快的阳光雨露

你也曾在房子的深处，侍弄过
三月的花事。细长的手指拿捏过
你的冷艳妩媚。日子水深火热

而此刻，那些隐隐的伤痛
正打开虚掩的房门，肆虐在
苍茫的夜色中。仿佛

飘零的花絮，找寻归期
时光，还在一叶一叶的凋零
于梦中，舔舐发炎的伤口

流年断章

风筝。断线了
仿若游丝的生命，苟活着
这皮包骨头的季节

绝壁上的风景，横空
斜出。依然守望的日子
拉成悠远暗淡的虚线

从此，或许不必再次想起那些
陈年往事。可我明明听到埋葬的声响
已悄然贴近你的房门

在卑贱的生命里，我
不想用许下的诺言，当作
置换情感的本钱

人可以孤独的行走，但我
将拒绝一切卑鄙的掠夺。我的雪莲
是高原的纯洁和蔚蓝

草原辽阔，羊群
流离失所，而我已经无法识别
它们的真诚、良善或虚伪

不想记取那无情的摧残
放下行囊，打理半世的憔悴疲惫
把坚实的籽粒，深入泥土

待到来年陌上花开，我以一颗
遁世的心，重拾搁置的刀剪
悉心打理你皲裂的风霜，断章的流年

一百行诗

（一）

这不是臆造的庄园
山水，把我画进三月
在花枝间浅摇
春天，气息均匀
那些花开成我的思维
五颜六色

三月敞开胸怀，滋养花
滋养草。诗篇一样的山水
读出春天的韵味，在这
山间小路上，头顶
有神的荣光护佑

光芒照射，花间蝶
一只、两只、三只……
如心脏跳动，你的话语重心长
有些语境，说到花
只有花朵知道，默默开放

你的使命
真有宿星洞察。花朵
启开的笑容，开在午后的枝叶间
天籁嘶鸣，小草读着大地的
嫩绿，抱一缕阳光如梦

那些光多么温暖，在
小鸟的鸣唱声中落地无声。风
带着春天的暧昧吻我，陷入
一场肆虐的情花劫，一声声
淹没爱情那堵无形的墙

（二）

天空那么蓝，多像纯真的念想
斜阳里，有你最美的绽放
指尖的青山绿水，是你幻化的梦
金丝雀飞过，姿态优美
小风小雨的日子，流水纵情歌唱

每一个夜深人静，一颗星星
照亮另一颗星星，惺惺相惜
于睡梦中，怀想前世今生
在灵魂的另一半里，谁
会从梦里喊出你的名字

在森林的对面，你是否知道

风的寂寞？摇动树
却摇不醒一个沉睡的梦
窗外的雨，是风的悲伤
像一匹孤独的狼

烈火焚烧，七天七夜
苦与痛，分不清是排列还是拆开
每一次离开，却离不开
苦痛的煎熬，烈火啊
在你的面前谁也无能为力

风质疑雨水，大地干裂
神的庄园百草荼蘼，雾霾
笼罩，身心疲惫的羔羊
流离颠沛，迷失方向
而我，闭关，沉默，无语

（三）

山水轮回，仿佛
时过境迁。在这里写下诗篇
昨天，今天，又是一年
这一年，山水不变
这一年，我敬畏神明

日月交替，在黎明前
要把身段降低到睡眠的高度
静养这虚弱的躯体。要

水一样平静流淌，在黑夜里
流淌，才是前进的方向

仿佛回到从前，山水悠远
青鸟飞去。在春花秋月里
有雨水经年。远与近
一字之差，却千里之隔
此刻，唯一日三省慰我平生

大地蛰伏，滋养万物
风云不动，在春雷的热血里
写山，写水，饱蘸笔墨
要把一腔山水情怀，注入春秋
为红尘，添一笔人间沧桑

静下来，如一株
孤独的兰，在低矮的草木间
颐养生息。让光阴卷伏案头
陪伴我笔墨千里，酝酿
行云流水一般的诗句

（四）

多少次徘徊，多少次
热血沸腾，怎么能轻易地放手
脚，要稳站
路，要踏实
弯弓搭箭，不回头

天空高远，把思绪复绿
窗户外，有万木竞春
把曾经的每一句话，披上
春天的羽衣，枝叶间
绽放红色的花苞

鸥鸟拍击海岸，轻轻唤起
海的波涛。烈马驰骋
铁蹄踏穿无形的疆场，歌一曲
海角天涯，豪情翻滚
从头越，踏一路征程万里

洞开岁月之门，把火焰
燃烧成太阳，凤凰来仪
光明顶上，炫动五色云彩
舒展雄鹰的翅翼，寥廓长空
任你翱翔

从此，生命之茧破壳而出
血脉偾张，狼性的图腾
穿越寥廓时空，腾跃起海的巨浪
天地悠远，春风化绿
每一滴雨露，闪耀万丈光芒

盛唐是你，而我是今夜月

纳木错，一次心灵洗礼

那，就是高原的蓝
湖水一般游动的蓝色天空
在我的头顶，被
淡淡的云朵无限伸展

心，随着湖水
由远及近。纯净的荡漾
把灵魂一次次拍打，反复着
一次次庄严的洗礼

纳木错，我曾经
日夜思念的圣湖。此刻
你是否感知我激荡的心跳，已
悄悄融入你悠然的节拍

在你静美的语境里，我
无数次读取过你的神秘与广阔
读取过，悠远的历史与凄美
也曾读取我的空白与幼稚

在这里，我是一头驯养的
牦牛，甘愿臣服下身子
让你骑在高原的背上，以我仅有的
一丝白，去擦洗最为纯美的蓝

2019.08.03

在布达拉宫

仿佛神鹰的翅翼，划出
蓝天的弧度，让我以一颗敬畏的心
虔诚膜拜一座天堂的殿宇

黑色思绪，从江南穿越过
高昂的青藏高原。在稀薄的空气里
倾听着盛唐悠远的梵音

我，一个虔诚而凡俗的朝圣者
仰望着红白分明的高墙，在城堡外
思忖一个神秘的国度。布达拉宫

当我第一次近距离观摩那
庄严的殿宇，天空正轻轻打开虚掩的
蓝色殿门，让我从人间步入天堂

神鹰落在神龛上，和合着僧人
轻慢悠扬的诵经声，而我怀着凡心一点
脚步空灵地徘徊在低眉合掌的佛前

云朵下，你是我至高无上的高原
呼吸着淡淡的负氧离子，才感觉到
我的人间，居然离你那么遥远

2019.08.03

在拉萨，与仓央嘉措擦肩而过

来一次最为完美的擦肩
仿佛诗与诗的相逢，把一颗
凡俗的心度向天堂。仿佛

一个最为虔诚的信徒
从东向西，把千里长路
跪拜成朝圣的诗篇

在你的婆娑世界里，奔涌的情诗
是你最为完美的梵音。如唐古拉山
寂寞雪峰，凌寒怒放的青莲

伫立高原，只为你久久远去
可你的诗句，依然在玛吉阿米的房子里
伤痛，吟唱成八廓街最为动人的旋律

仿佛神性点亮世俗的目光
仿佛心灵深处，轰鸣的洪流
雨丝一般洒向人间

2019.08.05

中秋那一轮月

那么多年了，想你血色初恋
想你初升的团圆。是你把曾经
的依恋画出最美的圆满

总是要用海水一般的浓情
浸泡。那酒一般的醇香
恰恰是我最初的仰望

睡梦中，似乎听到母亲
呼唤我的乳名，那么苍老的声音
记不清是多少年前的事情了

唯有那一轮月，依然挂在
朦胧的枝叶间，挂在我童年的记忆里
小轩窗里，有我老去的故乡

稻谷金黄，青绿的记忆
慢慢地开始落叶。那最初的明亮
把我的身影倒置在时光里

仿佛灵魂，被摁进血色初恋
那一轮天上月，昼夜不停地让我
失却青春的血气与阳刚

2019.08.25

一匹马从黑暗中亮出

不再喧哗，风隐进石头
所有的黑色褪去颜色。一匹马
从黑暗中亮出来，依然黑色

绕道季节，理想主义者的梦
落黄。城市的夜空还是从前的夜空
黎明前的深渊，被一匹马夺破

再次发现，一些痕迹证明的异动
与一个流浪者曾经的梦想有关。断章。句号
许多挫折叠加，夭折提前到来

一匹马的亮起，使一盏灯
轮回与重生。大海醒来前的苦痛
刺激黎明的任督两脉，江河汹涌

一切都不是意外，有备而来的力
再次爆发一场巨大的革命。这生命的基因
一匹潜在的马，从骨子里奔夺而出

2019.09.13

在巧云居

是一场细雨，斜织起
秋天的温度。冷色调时光
还未到来，而我以汽车的速度

抵达你的领地。用弯曲
兑现大山内部的秘密，嗅到
强烈的古典文化气息

依山而建的房子，改写
一座山的故事，个性凸显的装饰
阐释着超浪漫主义的梦想

把梦想打开，雨露滋润的
歌声、诗声、欢呼声，在夜幕下
以现代文明的张力，穿透

一座山的新的高度。夜
还在侃侃而谈，有人在品茶论诗
笑谈间，我却在你的梦里

2019.09.21 于梅园

九月的思维

用灵性的语言，学说
对你的赞美。学说染色的秋风
把一湖水打乱，乱成

九月的思维。九月的思维
在一湖水中荡漾，是一只亮翅的白鹭
在绿色湖面踏水鸣唱

在群山的怀抱里，你曾有过
三月桃花的粉红，八月桂花的清香
那冰清玉洁，让我无数次

步履徘徊留恋痴迷。多想
是一岸杨柳，在春花三月的阡陌
衍化成水中的一抹倩影

鹭鸟远去，清风踏山而来
追逐那千年的邀约，捧一掬水的灵动
让我在你的梦里再醉一回

2019.09.22 于小将

木排坑

——与一众修行者寻小将方泉木排坑有感

这座山，古老的山门未开
寻梦的人，四海云游
返璞的心愿，已许在佛前

踩一路树影斑驳，走进
长河的泉源。木排坑
你以太古般神秘，隐匿

在山水一方。那片树叶的后面
一帘瀑布，以古老的形式垂挂岩前
水声叮咚，清唱山川的宁静

林木掩映，小径若有若无
了无止境。如禅言佛语
深入的心，是菩提还是明镜

心如止水，源无尽头
无限凡俗的思绪，在木排坑

风一样隐入林间草丛

2017.05.30

母亲，是那一盏温馨的灯

——献给母亲

星星划过苍穹，煤油灯
嘶嘶地燃烧，哔哔啪啪地
爆出艰辛的火花
那间幽暗的小屋还在
回响着无数的童谣，故事
如同母亲亲切的呼唤

还记得，孩提时期的清苦
被胃病折磨的父亲，捧腹弯腰，清水直流
一家五口的生活重担，硬生生
被一个弱女子顽强地顶起
五谷杂粮，伴随着一则则童话故事
把我们姊妹三人拔节成人

几十年过去了，生活
把我们一次次分解，各奔东西
岁月的沧桑，把母亲的青春淬火成钢
白发暮年，却依然
坚守我们的家园，您曾用多少苦难
把桑梓摸遍

年年岁岁，岁岁年年
红了樱桃，绿了春天
小麦收，种西瓜。几十年啊！您不忘初心
把风霜雨雪裹在单薄的身上
多少个电话，嘘寒问暖
灯影摇晃，一次次把我梦回故乡

少年远去，明灯依旧
那束岁月凝结的光，却越发明亮
只要母亲健在，明灯不灭
温暖着我的父亲，温暖着兄弟姊妹
还有我的父老乡亲。母亲啊
您就是，故乡最明亮的灯光

2017.05.14

说一些真实的事

——游茅洋古村有感

此刻，我们说一些真实的事
比如把脚伸进夏天，体验水的清凉
雨后的苔藓，是绿色的诗句

而我与你一样，一次次
踏着鹅卵石的小巷，穿行
古老的院落，找寻一些远去的声音

在江水的宁静中，读取古诗人
逆水踏歌，把山川水色
演化成，一条经典的唐诗之路

无数次洗梳文字，去完善
故事的残缺，如同鹭鸟的白
一丝不染地装点天空的蓝

2017.07.27

游温州江心屿

风拥着热浪，把船
渡过混浊的欧江，视线
放在孤屿中央，榕树

书写的历史，横卧在树冠的影子里
古老沧桑。双塔、江心寺
夫妻树、浩然楼……

这些，足够让一座孤屿瞬间变老
谢灵运、李白、杜甫的脚步
把孤屿重复成永恒的“诗之岛”

历史的链条锈蚀冗长
反复书写着一些人和事
孤立的灯塔，与鹿城隔水相望

影射的风雨航船，驶过
狭长的黄全海岸，画出一座航标
把浪潮羁押在城市与海的尾骨里

在知了的鼓噪声中，发生在
瓯江蓬莱的一段短暂的游记，正透过汗水
载入 2017 年大暑后的第一天

在五马街的夜里

在城市的纹脉里，这是一条
流动女性细小血脉的街巷
脉搏强劲，绵长而柔情

城市的夜，从一路灯光深入
催醒妩媚的霓虹，闪闪烁烁
的媚眼，让人欲罢不能

这只是一场仓促的偶遇
皆因你的名字，而我误入你的营地
五个女人穿梭在五马街的光影里

从左到右，长裙短袖
穿针引线即兴一场时装走秀
把每一出试穿，写意成

精彩的片段，专注而自信
反复选择，措辞成女人的迷醉
演绎出一条街巷夏夜的魅力

大沙岙海湾

那些沙，写满大海的细腻
触及水的柔情。翻卷的浪花
藏匿起深邃，包容了无穷的苦涩

每一次，读你到海岸线消失的天际
却无法读懂你的浩瀚博大
而眼前，在炎热如火的夏季

人们从沙滩拥向你的怀里，挑逗
海浪用凉爽而温柔的手，一下一下
洗漱酷暑的烦躁和炎热

岛礁站成山的厚度，度量
波浪的强劲，以浪花的高度
权衡风的实力。这个中午

我把大海写成一湾消暑的凉水
让每一个细胞，感受海水的咸度
感受大海母性的宽怀和慈祥

南麂岛，那一场海上日出

当午夜绕开子时
深度入眠的海岛，被
他乡的游子，从梦中惊醒
浪花，催动潮声
反复打探早起的行人

车灯，穿刺夜的黑
介入大海的睡眠，一切
那么安详，那么风平浪静
无暇顾及我的到来
观日的人成群结队，装点岛礁

时间慢下来，雕琢
一粒粒露珠，掉落地上的星星
把一盏盏航灯点亮
把一双双眼睛点亮
也点亮一个个小小的喜悦

光跃出水面，以鸥鸟的翅尖
轻轻举起那一轮，把每一个瞬间

停留在心形的玉指间。如展开
一场突如其来的新生典礼，把鲜红加深
把平静的心，点燃成浩瀚的海洋

楠溪江，那一汪清澈的水

仿佛那些清澈的水，在向我
表达些什么，可是他们
却什么都没说，就带着
夏季狂热的竹筏，顺流而下

树木隐在水里，她们
那么平静，平静如天空的蓝
不留一丝痕迹。而那些水
那么随意，毫不在意地流淌

其实，他们思想深邃
目标坚定，操持着骨子里的冷静
以一条河的模式，脚不停步
奔向那宽阔的海洋

雁荡山横跨我的视野，但
水的流向不会改变！竹筏轻轻
溢满酷暑的热情，在楠溪江
的水域里，你是我漂流的方向

2017.07.27

在剡溪，与北风相遇

风吹动树，开口说话
说着冬天的冷。乌桕无语
以沧桑的表情示我

溪水欲言又止，漾起
小小的波纹，托起一场
深冬青梦

北风冰冷的舌头，舔去
阳光的温度，又舔我
麻木的老脸

河畔，杨柳舞动
南来北往的汽车，在上三高速
唱和半阕唐诗宋词

青松扬起千万条马尾
聆听风，在仙岩浅析十月
剡溪一江冬天的冷

2017.12.24

你是我臆想的梵音

恰似盐帮的驮马，走进
荒蛮的森林，偶然
呈现一片葱郁的绿源

恰似梨花雨落，避开
世俗的喧嚣，轻轻绽放
三月的心跳

把疲倦放下，把
尘世的烦恼放下。把一盏清茶
酿成此刻的放逐

在恬静的夜色里，你是
我今世的梵音，以辽远深邃
超度我的轻浅凡俗

秋　分

多像一位古典的女子
满脸清秀，性格温和
新添的几根白发，略显
几分华贵

日子一天比一天凉
天空高远，弥漫着桂花的香
旷野，泥土散发的体香
催开菊花的黄金梦想

雁阵排开的季节
金黄的稻谷，压弯枝条
九月，慢慢远去
却把丰实留给了大地

慢下来的日子，花絮
曼舞。而你必将迎合我深远
的目光，打开微笑
带着深秋的成熟，步入我的殿堂

2017.09.18

古城怀想

带一首歌谣回到夏季
城市开始丰腴，面对
一座鲜活的古城
无法想象的，是你
曾经的容颜。但在你的眼里
风韵不减当年

反复欣赏，古城的绿
飘荡在清水的怀里
而无数的梦，被乌篷船
摇晃成一汪深情
荡漾在，古纤道的
每一滴血液里

把你打开在八字桥的星空下
与谁相遇不重要
孔乙己、祥林嫂、秋瑾
再如卧薪尝胆的勾践
或者，更远的大禹
有更多的身影，把一座

城市，延伸成无限的思念
而此刻，那些青砖乌瓦
筑就的风骨，簇拥在
现代文明的怀里，像一个
不老的宠儿，在
无穷的口碑里应运重生

西鲍，每一面旗帜都异彩纷呈

在这里，只看一眼
怎么能够，了却一桩桩的心愿
山风，放下空灵的语言

鼓点点燃的冬天，长袖曼舞
就这么任性，以山村的风骨
光膊舞一把，火辣辣的西鲍新曲

古道漫过崾山，遁向远方
长卷轻舒，山水动容
每一笔，如丹青挥毫深入人心

豪情绵长，把满腔热血融进这
山水里。让每一面旗帜都异彩纷呈
如春风沐浴，焕发季节的青春

大地，以冬天的冷
试探山村的体温。用深情的目光
一再翻读它的每一段历史

2017.12.22

故乡的蓝

这就是故乡的蓝
一尘不染的蓝，把
这一百多平方公里的土地
写成蓝色记忆

千山相拥的梦里
童年的笑靥，瞳仁闪烁
父母弯腰弓背，依然操劳
把汗水写进每一寸土地

拔节的青菜，喊着我的乳名
漫过田野，漫过思念
下一个九月，蒲公英把虚空的白
飘上蓝天，放飞希望

一切还是那么熟悉
那么深刻。日渐苍老的父母
就是那朵纯白的云，深情
地点缀着故乡深刻的蓝

2017.09.02

立 秋

把九月打开，分割
把诗歌，填进山的空白
一头驴，忙里偷闲
啃吃青草。驴尾甩开的节令
渐行渐远，如影随风

向下的时光，日子
清凉，秋风书写的大地
山色一天比一天深邃
云朵举起天空的蓝，划
一片大雁的舞台

乡下的土地，又一次
被父亲打开，收获的庄稼
运进城里，空气中
溢满了乡愁，散发出
数不清的陈年往事

2017.09.04

仁村印象

这不是道听途说，是千年
轮回的邂逅。汽车
弋江停放，中午时分
十月最后的阳光，催开
今冬最冷的羽衣

掐一段前尘往事，把悠远
的故事，置在将军岩的半壁江山里
“离合山川，崩飞于东峭”
笔触过处，是谢公裂帛之声势
“青林波激，白沙生漪”，撸须而歌
三洲二水，立县始宁而治
落《山居赋》为证

走村串巷，将军潭清水流畅
当年的驸马第，已不知燕落何处
竹家祠堂飞扬的粉尘里，有
说不尽，道不完的妯娌家事，星星点点
都抖落在东街西巷，古宅新居里
还有那笑语声声，悠闲地

被糅合在深冬的阳光里

时间叠加着时间，历史
覆盖着历史，谈笑风生间
那些迎来送往的故事，无声地
衍化在山水的低语里

2017.12.22

立　春

似一声鸟语，清脆地
把时光带回春天。兰花
吐露蛇信子，仿佛
预言美好的来年

此刻，天空晴好
记忆中的一些蓝，被风
打开，如思绪的枝叶
仿佛回到从前

一扇门关闭，便有
另一扇门被打开，季节
周而复始。诀别寒冬
把新春的窗户，置向
每一张笑脸

2018.02.04

父　亲

从小年夜开始，我们
陪着你在医院的病床上度过
生命之血，流经你
久病的胃部，却不堪
重负，泛滥出血脉的堤坝
抗争于生命之临界点

时光漫长，生死竞渡的日子
昼夜不分。而我们
作为助跑者，紧绷每一条
神经，咬紧牙关
与你一起抢占每一道
阵地，艰难地插上旗帜

在你苍白的脸上，沧桑与
苦难并重，生活锉平
曾经的刚毅。在你平凡的生活里
为何要用那么多苦难
把你锻打成病态的肉体
受尽人间磨难

一次次趴下，你一次次站起来
而此刻，你目光呆滞
无力地被命运之神按倒。多少苦痛
多少折磨，父亲啊！
你可知道，那输液管里滴下的
每一滴，都是我们全家人的痛啊

2018.02.16 于新昌人民医院

雨　水

这是春天涌动的第一滴血
大地，将从此醒来
雨水酝酿的桃花小令，从一朵
梅瓣的落红开始

生命之水流经大地
激活，蕴藏久远的洪流
一切都是宿命，冥冥中有念想
在水中发芽

多么美好的节令，把时光
一节一节打开，如同打开梦的窗口
而我们在雨水中，沏一杯
菩提丹芽，回味另一个春天

我曾于寒风中穿行，雪花
却有意无意地抚摸过我的老脸
一点雨，让我们告别雪
冬天，我再次对你说声再见

2018.02.19

狼　族

——致张樟初

逐狼人，请过来吧
如果驾车来，可以走
“一〇四”国道，也可走

杭甬高速。如果
走水路，就摇乌篷船
过八字桥。如果

步行，那就请穿过
三月的田间小路，从
一路的花丛而来

而我，就是
那匹桀骜不驯的狼
会在萧山与绍兴的临界点

等你，恰是
等一场，他乡的
故知重逢，去郊外的小酒馆

绕开狼族
图腾的话题，来一场
酒逢知己的痛饮

2018.03.20

注：诗于萧山浙江同济学院。

故乡的黄土地

知了鸣穿炎夏，秋意满地
仰望天际，满天星月
恰似屋檐下逐渐淡去的记忆

在这里，我曾拖着三月的犁耙
反复耕耘梦想，播下的种子
消逝成风雨弥漫的岁月

马蹄草漫过山坡，如我的思念
把根，深入七月丰腴的泥土里
扬一阵风，吹起故乡的月亮

身后，那延绵的黄土地上
郁郁葱葱的，是不尽的乡愁
被夏虫反复以月色弹唱

而今，我们远离黄土地
把灵魂寄养在移居的城市，却用
矮下去的年龄丈量故土的距离

2018.08.02

三十六计

倘若，光如刀
影如剑舞，那么
江湖隐藏在哪里

一百〇八剑，利剑出鞘
影子藏在光的背后
那么，光是谁的

刀光剑影布成的江湖
处处险恶，你说要步步为营
四周设下三十六计

所有的设防，真的
那么重要？来去之间
那么累，那么累

而我们却还要
左手拿刀，右手拿剑
把生活划成江湖

如果回头是岸，那么
要江湖作什么？只要把岸守住
江湖便在人间的另一边

歇下吧，只要把刀剑入鞘
便废去那害人的计谋，而
我们，无须见招拆招

2018.09.10

背道而驰的日子

我曾在坚实的黑色土壤
用铁锹刨开时间，播种过
粗粝饱满的种子。日子

简单而充盈。春雨催开的绿色生命
长出坚实的翅膀，有着乡土
特色韵味。画眉鸟

喊出初夏的壮实，所有的枝芽
齐刷刷望向山外的远方
在那段平实的岁月里

生活如雀鸟一样轻快自由
每一次跃动，都是那么朝气灵动
而如今，每一次回望

故乡的气息，依然那么浓重
可生活的担子，与年龄背道而驰
越来越重，石头一般沉入水中

2018.09.15

入　梅

这个六月，雨水
是入梅的主题，思绪
从第一滴雨开始
一直到泛滥成灾

抗洪，防汛
已习惯了年复一年
日子虚设，厌倦流于形式
唯此刻，形式
是内心深处的期盼

那些多余的雨水
挤满心房，滤成心事
黑色穿透的长夜里，虔诚

2017.06.23

立　秋

风，把日子摇成
落叶，在窗口的阳台
静静侯立。秋天
过来的方向，云很淡
一丝丝，游走在心底

阳光，火辣辣的
知了歇斯底里，依然鼓噪
夏天的狂热。汗水
淌过季节的薄衣，滴穿
每一个虚空的日子

而你，依然静立在
夏天的影子里，细数阳光的碎片
那些新鲜的雨滴
正背着我，悄悄地
打开另一个秘密

2017.08.09

赛里木湖的梦

把额头高高扬起
把云朵挂在山肩，挂成湖的面纱
赛里木湖，我们不期而遇
如云朵飘上蓝天

雄鹰展开铁翅，把星星
挂在羽翼，扬起远航的风帆
脚步轻轻，穿越在北天山
轻轻，只为那双多么迷人的眼睛

黑色胸膛，空旷而高远
马蹄踏穿时光，举起西域千万里梦想
湖水拍遍，把我托起在蓝天上
带回到梦的故乡

把胸膛挺起，把脊梁伸直
把深情的目光留下，把一腔热血
洒在黑土地上，把这一滴泪
倾注在北天山的胸怀里

2017.08.26

你说，秋天

你说，秋天
秋天便从斜阳的缝隙里
落下一枚
浅黄的树叶

你说，秋天
那些草木开始骚动，拒绝
喝水。大地
把记忆调和成深色的红
高挂在柿子树上

当你再次说到秋天
秋天，被那些
穿着旧衣服的农人，稻谷一般
收割，搬进
家里过冬

2018.10.03

秋瑾公园

那一尊雕塑
目光坚定地凝视前方
庄严，肃穆
什么都不说

我们，列队英雄脚下
那片静穆的小草

风，紧握十月的拳头
阳光下，是鉴湖
滚滚而来的浩荡
渊远而流长

戾石湖

那些水咳嗽着
喊着我的乳名，用
水花，把我们
托举在那条陈旧的小船里

他们用黝黑的绍兴土话
诉说那些淡去的故事
治水的大禹，让龙的儿子戾
渡过水中的新娘

船桨轻轻地荡着
那些古老的水，在船的底下
悄悄地，竖起
小耳朵

孤独的麦子

这些麦子，那么孤独
是否在思念着什么
这些土地，那么荒芜
已成为父亲到不了的地方

那一池青荷，业已楛败
在秋风中步履蹒跚，多么像
我风烛残年的父亲。唯有
时间那把刀，还在无痕地砍伐

生命像风过山坡，不留痕迹
沿途的风光那么美，可是
什么时候我们曾经拥有？其实
那是没有觉醒的南柯一梦

生活那么美好，却那么短暂
在人生的旅途中，你和我的亲人
都是那只生命中掠过的候鸟
在擦肩的瞬间，相拥过温暖的一笑

我们从孤独走向孤独
放弃了曾经虚空的拥有。无法选择
也无法逗留。孤独
是麦子繁衍生息的离歌

2018.09.11

流动的夜

拒绝山的邀约，让思绪
徘徊在昏黄的灯火里
遥望新月初探

九月的夜，一半秋梦
被摇碎在盛唐的诗文里
散落一江碎片

时光，远去了前尘往事
仰视历史，那浑厚的
是魏晋遗风里的容涵之深

截一页山水渗透
用时光串起每一段历史
抖落那前朝的过客

那一波接一波的人流
让梦醒来，让我在夜色里
看到了诗句流动的方向

2018.09.12

黑夜的柔软

那是神的火炬，把
黑夜点燃。一团火的威力
黑与白越来越远

寻觅的脚步，把一叶梦
踏碎，黑夜的齿轮便停止转动
沙土下，唯有水是清澈的

追赶的猎人，在树下狂饮
你这薄弱的意志，让猫头鹰
发出冷酷的嘶鸣

黑夜抚摸过的阳光
那么微弱。怀抱黑夜的柔软
黎明之前，大地长出新绿

2018.10.16

碗　窑

总是梦想，有一座
南宋的碗窑，要
瓷器一样，打造
一段精致人生。可那些碗
掏空泥土，掏空青春
也掏空一段历史，唯有
那口碗，还是
那么精致

2018.11.18

碾　子

仿佛，那只摆动的钟表
把时光逆转。仿佛古老的腿脚
开始移步坊间。一声嘶鸣

让我嗅到山村历史的从前
驴背上驼起的沧桑，被一群外来的
入侵者用手围起。曾经的艰辛

瞬间消融。在低矮的房子里面
那个古老的乡村故事，曾经喂养过
一个原始的村落。钟表滴答

思绪还在故事里蜿蜒，一如
我内心起伏跌宕的山川。而你的驴背
仿佛山村最为古老的喝彩

2019.09.26 于梅园

仰　望

仰望！你的远去
仰望！你的屹立。仰望！
我站在偃王亭脚下，深情的仰望

仰望一段遥远的历史
当杀戮的屠刀高举头顶
当虚荣的屠刀把生命践踏

我举起深深的目光，向你仰望
仰望你对芸芸众生的慈悲
仰望你淡泊人间虚荣，你的初心

仰望你不忘在莒。仰望
你对芸芸众生的仰望。仰望
站在你的脚下，再一次深情地仰望

2019.09.26 于梅园

红尘时光

雨水滴穿
轻慢的红尘时光
生命不息

而我们，用爱臆造
幸福的苦痛和忧伤
血液流淌，一路狂奔

天地交媾
揭示人类命运的雨滴
秋风落满思绪

有你轻缓的咳嗽
举一杯风雨诗酒，荡
一湖血脉青波

让秋山曼舞，轻轻
喊出生命击节的声音
像一位娉袅的女子

2019.09.27

杏林代言

每一次念想，你总是
以扇形的叶子呈现，仿佛弧形的切割
足以取代某一个时期，或者

一个人，所包容的深度和内涵
以颜色代言一座庄园的内在思想
木质纹脉，哲理而富情感

那么多年，我一再怀想
一座庄园所蕴含的言辞，总是被
旋舞的替代折服。一排，一株

或者一叶。飘飘洒洒
如风雨依恋。有九月的清朗
秋天的丰硕，成熟与华贵

燃烧火一般深邃的欲望
翅翼里的维度，击穿凡俗的界面
苦痛中，是翩若惊鸿的别离

季节的颜色，思绪一般深入
在秋风沙哑的声线里，那满地金黄
都是质感的缠绵与思念

2019.10.01

雪莲花

请允许我，以
一朵花的名义赞赏你
赞赏你，晶莹如雪的花瓣
冰天雪地，你兀自绽放

每一次仰慕，你总是
避开我燃烧的目光，揽一堵险峰
冷艳而孤立，似乎雪
才是你的唯一

雪铺天盖地，花朵
弱小。雪域之中
你冰冷而高洁，虚拟你
高贵的魂灵

冬天，让大地沉睡
而你，却以
绽放的形式，让一个
沉默的季节鲜活

冰雪之上，你
以一朵花，撼动生命的秘密
在冰冷之外，以怒放
唤醒另一个季节

2018.02.03

山 门

从左到右，低头或者
抬头，我始终没有发声
一袭素衣，古典

而高雅。自始至终
你，没有改变纯洁的秉性
在历史的长河中，一直

保持那种古典的含蓄。在
冰雪消融的初春，我
为你绽放，为你的陶醉

仿佛是五百年前的约定
如果真情相拥，何必风叶依恋
一如你对我毫无保留的舒展

2019.10.17

骑羊驼的小女孩

——致乐乐

把春天写意。十月
荻花曼舞的初冬，放飞
骑羊驼的小女孩

花朵，打开
甜美的笑，给山坡一个
湿漉漉的春天。松果

落下来，云朵的籽粒
孕育三月梦想，黛色的山坡
开满灿烂的阳光。十月

金黄，少年的轻灵
快过羊驼悠然的脚步。漫山
笑意，都是你放飞的梦想

在这色彩斑斓的世界，你
就是无忧无虑的王，播种着
纯洁无瑕的希望。轻风

吹开青春年少的花蕾，溪水
徜徉，甩开你轻灵稚嫩的小脚丫
追逐美丽的星星和月亮

荻花飘舞，目光闪烁
灿烂的笑脸，骑羊驼的小女孩
打理着初冬温暖的阳光

2019.11.25

荻　花

仿佛深秋以颜色为赋，把
荻花白头，点画成初冬的素颜
仿佛一座山吐露苍白的信誓

有些虚妄，远在飘摇之外
天空，以湛蓝带走十月梦想
那棉絮一般纯白的云朵

蓝色之下，荻花曼舞
翻卷轻柔寥廓浪潮。思维跃动
诉说辞去的青葱。衰老

殇亡和爱情，以及
当年焕发的容颜。岁月把一切
掏空，在你形容枯槁的

尸身上，辨认你残留的白
虚拟的靓丽和梦想，在
脚下的泥土里，生机鲜活

我曾喜欢，你初夏的爽真
喜欢你独立、高昂的思绪。你
亭立的美，洁白而灵秀

可此刻，阳光下满山的白
让一座山，背负初冬的沉重和虚空
而我要在籽粒间读取饱满的春天

2019.12.01

故乡行吟

在这里，我不能
只写蓝天白云，或者
只写四月花事
此时，我脚踏故土
双肩紧紧依靠
在故乡柔软的臂弯里
如同幼小的孩子
把母亲深情地拥抱

那条伸进高山的路
它的前头，书写着古老的扉页
沧桑尘寰中，有我的祖先策马而来
远离尘世喧嚣。从此
信守这一方山中的世外桃源
耕读传家。风吹过
雨水洗涤桑梓千年的梦想

多么漫长，多么念想
那一丛起伏的山脉
那一路岁月蹉跎，轻轻地

把它折叠成四月的诗行
弯曲在故乡的梦里
大地复绿，茭白、茶叶、瓜果……
还有清澈绿莹的湖水
秀出山水的柔情
叶脉嫩绿，漫山遍野
诗写起春天的幻梦

2017.04.17

站在官塘山看我的村庄

步伐是随意的，山路
曲曲折折，深入
四月花丛，也
深入采风的人心
一些山花，怒放地钩挂在
岩石的壁隙里，臆造
高不可攀的魅力
失传的石龟、石棺、石和尚……
开始复活在笔墨里
还有那见惯游客的茶农
浑然不觉，被
带进春天的诗文

行吟的人，踏入我的领地
身后，山顶
就是神秘的天灯盏
映射出埝塘湾水库的绿
前方，是我的村庄
像茶楼的下弦月
边饮边看，手指的方向

有我的父老乡亲
绿色漫过村庄
如同足迹踏遍的童年
琉璃瓦散发一缕缕红色的光
更添新的乡愁
田畴上，茭叶青绿
正举起双手，指认我美丽的家乡

2017.04.21

在荷塘，对面那一湖水

当南风吹遍，绿色
举起花的梦想。一个静美的村庄
在烟山大地，被
一群行吟的诗人，轻轻
打开处女的肢体
荷塘的花絮，隐入季节的诗句
临水的看台，一幅
山水巨著正被四月解读
笔墨过处，浓淡适宜
此刻，我的心情
是波动的水流

汽车，不停地穿越
在这片古老而美丽的土地上
豌豆花漫过山坡。落泥
的种子，长出新的希望
黄昏临近，夕阳
渲染出另一幅山水画卷
工程车，发出欢快的轰鸣
在荷塘村，对面

那一湖水和劳作的村民

仍不停地臆造

诗文里最美的风景

2017.04.26

深入回山

从春天的端口，深入
一座山，深入乡村一角
一场雨，掠开大地的秘密

滋润一座山，绿色奔涌
泥土渲染出山水画卷
深入，一杯茶的历史

以及衍化的过程。深入
土壤提炼果蔬的鲜美和情愫
茭白青葱，成片地

书写丰收的计划
还要深入茶园，从一芽嫩芽
到一支优美的采茶舞曲

一棵茶树，以叶子试奔辽远的世界
汗水浸泡的经典，演绎
山的辞令，水的辞令

赤脚的乡村，被一群作家
深入一堵古老的泥墙
那些涌出来的古铜色的白蚁，被提炼

成经典的文字。田垄上的茭白
把根扎深，扎实
思想长成绿色，缔结洁白的果实
把一方纯美汇拢成山
深入绿，也深入每一朵花

2017.04.27

中秋那一轮月

好多年了，想你血色初恋
想你初升的团圆。你把曾经
的依恋画出最美的句号

总是要用海水一般的浓情
浸泡。那酒的醇香
恰恰是我最初的仰望

睡梦中，似乎听到母亲
呼唤我的乳名，那么苍老的声音
记不起是多少年前的事情了

唯那一轮月，依然挂在
朦胧的枝叶间。挂在童年的记忆里
小轩窗里，有我老去的故乡

稻谷金黄，青绿的记忆
开始落叶了。那最初的明亮
把我的身影倒置在时光里

仿佛灵魂，被摁倒在血色初恋
那一轮天上月，一再让我
失却青春的血气与阳刚

2019.08.31

竹　乡

云雾茫茫，微风轻扬
群山，翠绿的竹海举起千万双手
召唤黎明前的朝阳

千山曼舞，竹浪滔天
这里，曾经的铁骑在山谷回荡
那不是战争的印迹；那是
千百年前晋宋文脉的声响
那不是拓荒的鞭及；那是
唐诗宋词里跌宕起伏的马蹄
青山为证，绿水深处
一条唐诗水路源远流长

而今，千万顷竹海绵延无际
山同脉，水同源
在这二百一十二平方公里的土地上
山高，水长，花无敌
群山芬芳，翠竹摇浪
手牵手，根相系
翻山越岭，串起千家万户美好的畅想

梦想，长出绿叶
希望，催开花朵
仿佛那澎湃的轰鸣已经响彻天空
高楼，拔地而起
整洁的村庄，鸟语花香
幸福，山泉一般汩汩流淌
生活，刷新美丽的山冈

捧一掬深秋的湖水，心旌摇荡
古道悠长，洒下一路诗和远方
群芳争艳，千峰竞秀
撕一朵云片，擦一擦大山的天空
那滔天竹浪，扬起一望无际的希望

2020.10.23

望海岗旧事

举杯畅谈，那些老旧的历史
在茶水里越泡越浓，染色的往事
舞动鲜活的身姿，青绿相间
破土的念想，筑巢层林深处
仿如下乡的知青

轻风曼舞，打开秋的主题
红、橙、黄、绿。这个
深色的世界，也曾有银质的声响
仿佛短笛悠扬，山谷
轻缓的节拍，月光一般倾泻

当再次谈起茶的前生今世，那些
鲜活的身姿；那些深刻的额纹；那些
曾经的风雨沧桑，雨雾一般
漫过山坡。林木下
落满茶苗破土拔节的声响

那些锁山的雾

那些锁山的雾，精致虚无
臆造着深秋的神秘。山的精灵
吞噬错落的群山，蚕食
每一丝空白，肆意地抚摸我的脸颊
仿佛，只为你无数次地临界

那只巨大的手，散布或者敞开
当所有的神秘被针叶戳穿
叶尖里的每一滴晶莹，还原出
隐匿的世界。而我的梦幻
在针叶里悬挂

就这样反复演绎，始终
游弋于思维的边缘，白色茶花
散发出甜蜜清香。拾级而上
云雾一次次散布又打开。果子悄悄地
落下来，填补环形茶山的新奇

围炉煮茶

围坐，斟茶
在杯子里打开一座山，或者
那尘封的春秋雨雪。当
语言和文字无法鞭及，就用
一杯水，来禅定一段
千年的历史，悠远绵长

每一次细品，那
亘古不变的韵味，哲理
而富内涵，仿佛时光逆流
于长袖宽袍的维度里
摄取一份冰洁的古意醇香

骨子里的温存雅韵
便是江南的山水。那一叶
碧玉通透的绿，无关乎
妖和媚，却让人刻骨铭心
在你，在我，在一座山
或者一脉千年的禀赋

2020.10.23

我的疼痛正穿过你的墓穴

——怀念父亲

毕竟，那些青绿的树
要低下头颅，如枯黄的草地
扎入深冬，在你的坟茔
深深地刺痛我的心

灰暗的季节里，怕冷的你
一定很孤独。自从你离开我们
山村失色，那空空的屋宇里
逐渐淡去你的音容笑貌

生死的刀刃上，是那无法
逾越的鸿沟。梦魇里偶遇你
却只是冷言默语！父亲啊
我再也无法弥补那未尽的孝道

你红尘苦累，艰辛一生
无数次，把熄灭的灯火重新燃起
可在那个寒冷的圣诞夜，子夜时分
你，却再也找不回人间的道路

父亲，天地切割出阴阳
但时空的坐标里，我们之间依然有一颗
交集的圆心，深深地把我们
融合一起，轻轻地律动

在这漫长的一年里，那些
交集的悲思冥想，犹如孤胆独行的窃贼
一次次侵犯你的禁地，恣意窃取你
隐藏在墓穴里的生死情缘

父亲，那里的冬天一定很冷
冰天雪地的墓地，寂寞的蓝烟凌空而起
但此刻，你是否还听得见
我的疼痛，正穿过你的墓穴

2020.11.17

香林桂雨

把一丛树林，排列成诗
以深呼吸，追溯一个遥远的时代
坚硬的石板路，伸向山顶

光影下，有十月的黄金碎叶
而我无法想象一位古人，如何
预见千百年后的绿树掩映

穿越时空，把每一圈年轮还原
还原那个植树的古人，来一次推心置腹
的交谈，或许一切平淡无奇

奇迹，是时空积累的代词
眼前呈现的枝干，从古老的历史
长驱直入，抵达我敬畏的目光

此刻，我们穿越丛林
在王者的树荫下围坐，吟诗作歌
把时光杀戮，无我，忘我

让我以叠加的词汇赞美。来一次
夸张和假设，向你的王者威仪致敬
敬畏你，诗一般辽远深邃

2020.11.19

秋　夜

要在夜幕下为秋天作诗，想
星光和黑暗，无形之刀正在偷偷
切割另一个世界的维度

秋夜微凉，光影奇思妙想
乡下的矮墙下，那棵
无人采摘的无花果，落满一地

寒露，草木为色彩浓重宣誓
青春的齿轮，把季节碾压成凋零的蝶花
日子油腻而凌乱，皱巴巴的心理

做个怪异的梦，让秋天绝地而起
野菊花开时，阳光春天一般的温暖
而风打破传统的戒律，独辟蹊径

暮色是一只白鹭，落在屋脊上
打量满载而归的人们。叛逆的溪鱼
在石壁中寻找一条出路

那冷色调的光，是谁的眼睛
呆滞且凌乱，当你穿越一个光年
一颗星星亮了，又是一个秋夜

2021.02.03

静　想

细密的脉络交织。城市
新老交替的叶片，掩盖岔路的端口
一座海龟驮起的城。历史的页面
五色丝布，滑落在旧时的港陌

而你，一名客居城市的乡下人
每一枚晃动的叶子，是你徘徊的光影
四季更迭的冬夜，北风
刺骨的冷，渗透石头的内心

思索，掀动黑色帘布
影子长袖摇曳，破窗而出
黑马泅渡，黎明
踏碎黑夜，扬长而去

找回一颗平静的心，用
紫苏退去轻狂的高热。换一招
投石探路的招式，寻一条
简便的坦途，疗养那受伤的手掌

2021.02.17

祭　海

古老的石头，流出
海的语体和记忆。在江南
遇见遥远和变迁

要以一朵浪花，唤醒
海的记忆。珊瑚雕琢的峰峦
古老深沉，这远海的孩子

南风，竖起春天的长号
吹立亿万年时空。干枯的海面
水声撞击岩壁，溅出

海的咸味。沧桑勾勒的
山川和草色，填补乡村的虚空
鸥鸟，是海的另一种记忆

2021.03.04

画　卷

隔江蘸水，渲染
一幅江南水墨，空蒙
隐约的线条，比画
出古老和悠远

小桥，流水，田畴，庄园
那眉眼盈盈处，正是我
蓄谋已久的江南。在江南
我等了你一年又一年

仰望，筋骨遒劲
笔法精致。低眉，源远流长
微波似步。在你的眼眸里
每一叶，都是饱蘸的人间春光

弦月下，你以笔触于幽深处
弹拨清风暖阳。险峰之上
望尽天涯。蘸一滴早春的桃红
为你，装点一个烟雨江南

2021.03.05

邀　约

三月，桃花始开
梨花雨下，早春的鸭子
打探水的流年。而
江南，已经繁花似锦
烟柳空蒙，白鹭
浅翔。油菜花横山过岗
越过黄昏的村庄

新绿，进入寻常的家门
此刻，我
要以万里春风，邀约你
披星戴月，驱车
千里，梦入烟花三月
在吴侬软语里，做一个
水做的江南女子

2021.03.05

俞　氏

从一条船的内部，找寻
流动的方向。于青铜器的外部
取出姓氏的记忆，指认西周
一个俞姓的伯爵小国

从源头梳理，从芈姓
姬姓，到蒙古族，再到
少数民族。把源于的七种说法
从血液里抽出来，扑朔迷离

而我宁可相信：俞氏源于姬姓
出自黄帝属臣。先祖俞跗
精于脉经，悬壶济世
梳理所有石破天惊的真相

自《通志氏族略》至《史记》
腧俞相同。脉络，盘根错节
名人，星罗棋布。格局
恒河沙星，暗藏无限变数

从湖北繁衍，到南迁长江流域
赤裸裸的文字，衍化出
哲学，医学，音律，书法等
别具一格的活体，纵横天下

不周山崩塌，有凤鸣岐山
五千年，俞氏文明之河
梦回远古；百四十多万族人
血脉同枝，根茎相系

喊一声兄弟姐妹
要大海一样，汇聚百川
把古琴置于圆心，以一曲《高山流水》
继写伯牙摔琴的至真至诚

2021.03.23

在空谷处构筑山体

我听见过你悬崖上的惊呼
那些碎裂的声音，带着岩石
时间，荒芜，人生和挣扎

在夜深人静处，你曾无数次掏出
憔悴的灵魂，梳理马匹，羊群和庄稼
那前半生的疲惫，多余的时光

青春还在，燃烧的激情
在黑色的光影里，打住策马的四蹄
尘烟处，我们曾四目相对

幻想着在马鞍上，置一壶陈酿
浅饮、轻啜于阳春三月。七月流火
我们必须举杯祭一场远去的青春

一切都无法消停。如风吹
篝火，看不见的时针正一秒一秒
把我们挤向落日边缘

没有永恒的主题。卑微的尊严
不够超度灵魂的本钱。要昂首站立
在空谷处构筑山体，树木和高楼

2021.07.03

杜甫岭

我与你草尖相望，只隔
一江春波，却相去千万里长路
旧时的脚步，落下零散诗文

杜甫岭，梦境里的绿
从眼前一路追寻到盛唐
舟楫，深不可测

古老的诗句，一次次
燃烧出靓丽的色彩，让一个
名不见经传的山村

改写了旧时山色。细雨如丝
诉说石头的古老油亮。迪荡花
托起唐宋的青石板

“好雨”抒写的河流，白鹭
蘸水浅翔。而我只想是你西岭
窗外一行翻飞的诗句

2021.07.03

太白石

仿佛菖蒲与蝴蝶，梦一溪
流动的诗词。仿佛一块石头
做一朵流云的影子

仿佛松林，撼动遥远的魏晋
仿佛石砌小路，炫耀十八高僧的身影
松风轻唱，像诗文更像诵经

仿佛盛唐的梵音，夹杂
前朝的霜花。落拓的诗人
跌入破败的寺庙，烫酒取暖

打翻的酒杯流着诗，流着
唐朝和西域，流着山野村夫
不期而遇的春天

杯酒诗文，绾成千年等待
那个沉醉的人，隐入一方悬挂的石头
青衫依旧，时光老去

隔了一杯改朝换代的酒水
你：山一重，水一湾，诗一路
每一句，都是黄金万两

2021.07.03

石梁桥

带着膜拜和仰望，以对
一座桥的虔诚和敬畏。轻轻
走进四月的唐诗宋词

四月的内部，花开七彩
阳光吐露至美的人间。叶花无言
水流间，跃动久远的魏晋遗风

心底的禅意佛语，交织的美
掠夺人间全部，惊艳了山水时光
静养的钟声，诗意而旷远

启开一方梦想，俯瞰
近观、仰望。一千次的回眸
摁不住一千次的激情奔放

天台山寻李白读书堂

拾级而上，靠近或者远离
桐花、映山红，还有身边的草木
正在赶往诗歌的路上

于一座山的深处，不断
选择方向，选择过山的顶峰
也曾迂回曲折，迷恋游离

群山，以低矮柔美的线形
层出不穷地书写山的旷古辽远
而我们，比肩唐诗堪比山高

在这个诗词的领地，草木
以及雨水，在书页的章节里潮润
源源不断地拓展诗词的疆域

荒芜和文明，从一尊雕像
积淀一座山的厚重和古老。书屋尚在
而高度，却被俗世的眼光弃置

2021.07.03

去大山深处看海

去大山深处看海，看
一个村庄的过去和未来。唐诗
长成的茅草、石头，墙体
有后海留下的印记

一棵草，或者一块石头的内部
海的灵魂还在。古人和今人
交替游动在海的深处，呼吸海的腥味
虎鲸在大山的尾骨里静坐

六月的阳光挥霍无度，房子
投下的影子，塑造着亿万年后
后海变异的波纹，切割阴阳
长尾的红嘴鸟顾自雀跃，无关风月

知了沙哑地喊出锐化的思想
提示山里的麻木无知，岩泉流出
贫困的代词和根源，海的原始
纯白，一如天空的蓝

游客坐在光滑的石块上，问询
一个村庄的来历，问询唐诗水路的走向
茅草无言。游客继续他的问询
假设着妓女和村嫂的矛盾及社会效应

一整天，我们在一个村庄
品农味，说历史，打开一堵墙体说事
说到海的过去和沉沦。说到未来
你说，要把远海的文字腌制风干

2021.07.07

问一声："老袁，你在天堂可好？"

——悼念袁方勇先生

夕光，收割着黑暗前的光明
也收割一场雅聚离殇。猝不及防
以风的速度，让一首诗戛然而止

那些散落的文字，串成数不尽的句号
仿佛你塌陷的肉身，沉重而哀伤
而你，一路向西，敲响天堂的殿门

仿佛，一场预谋突破防线
于黑色黄昏，取走你孤傲的魂魄
烛影摇红，空气压抑而沉闷

风静下来了，而你灵魂之手
托举文字的十字架。趋向完美的瞬间
打开所有诗词的枷锁，融入一座山体

沉默，哀思。失眠的四蹄
天马行空般逆行在往事的地平线上
从你迷糊的烟圈里扩散、渗透

在三十六湾，在蟠龙山。在一朵
牡丹花的内部。在四季轮回的草木里
在你，在我，在他们。在《南北》的扉页

漫长而短暂，理论与悖伦
批评与赞扬，那种黑白分明的立场
以诗意的存在析疑，从此淡出

那个黄昏。我的脑海里塞满你
慷慨的陈说，抑或是一场行前告别
也包括那张最后的合影。那些虚实的重合

或许，在另一个国度，在你
垒砌的文字里，夹杂着生前诗友的名字
隔空相问："老袁，你在天堂可好？"

2021.06.20

小镇五月

那是夜半弦月的忧悒，丝丝拴住
五月的心事。雨不定地下
淅淅沥沥，敲打着小镇的桥背

雨水浸泡的石头，发出
低低的叹息，仿佛岸柳的焦虑
不安，惊扰了一夜的浅梦

雨，停停歇歇
不紧不慢，漫无目的地
打乱月色构筑的初夏时光

遭受侵涉的五月，有我
宿命里避不开的斜风细雨。而你
仿佛陷入雨水囹圄

河水浅了又满，无厘头地奔忙
那旧时的院落，散发出淡淡的霉味
院门外，雨水横过国道线

小镇的雨，依然揪心地下着
而我们，置身五月的边缘，督查、连线
值夜，昼夜不定应对雨水的肆虐

2021.07.01

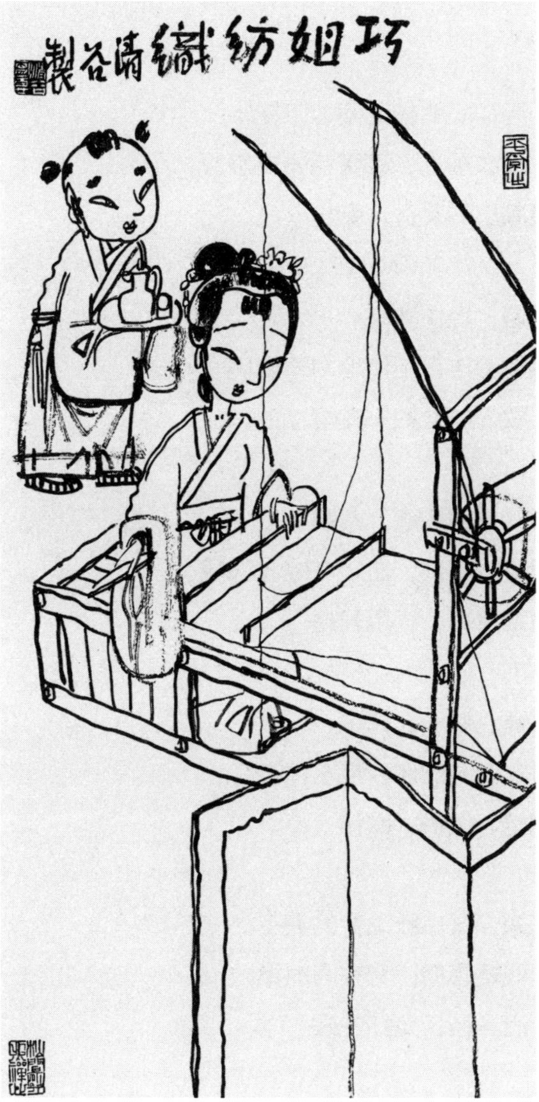

黄昏雨后隅上

这是一场彻底酣畅的雨，下在
五月下旬衣袖上，凌霄花一夜怒放
触动最底层的馨香。脚步

迈过山道，轻快敞亮
你勤快地劳作，不停地刈草施肥
田埂上歇一歇，抽一支烟

吐一圈凝重的心事。黄鹂
叫着含笑的小名，左转右绽，飞翔
驮马啃食青草，轻甩长尾

驱赶苍蝇、蚊子、蜱虫
穿着夏衣便装的你，焕发精神
远离猎枪、低俗、欺诈

亮开羽翅，这白肚黑背的燕子
飞离出低矮廊檐，背弃旧时巢穴
今晚要酒一杯，龙虾三碟

2016.07.03

田间偶遇农人闲聊

他，埋头苦干
无视身边飘飞的蝴蝶、云朵
偶尔的答复，有意无意

他，汗流浃背
简略的说词，像一排排
补白的省略号。那个吝啬的农人

“这是你的花木。”他抬头
不屑一顾的眼神。“嗯”
泥土翻上来，埋下多余的语言

“你家人呢？”他再次抬头
如风吹枝叶。“儿子爱读书……”
他打开话语，水一样流淌

每一句言辞，发出细小的战栗
抡锄翻土，他浑身是劲，一锄一锄
希望，在沃土上拔节生长

这一方狭小的天地，藏匿着他
无穷无尽的光明和期望。风快活地驾驭
云朵的马车，越过深邃的大山

汗水渗入泥土，折射出幸福的波光
“儿子在读博士……”此刻我不听他说辞
只在他的眼睛里，读取他的荣光

2021.07.03

屋漏痕

——游结局山有感

默默思索。点一盏灯
静下来，走进村庄的内部
取一段火，用心疗伤

岁月的声腔，略显古老
画笔下，每一道沧桑的痕迹
有历史雕琢的狭长记忆

有些错综复杂的交织，直接
以句号的形式倒下。残存的肢体
字正腔圆，层次分明

每一次，要以一个过客的身份
点落在穿插有致的方圆，于风中
触碰山村，深沉凄美的叹息

而我，假以一双丹青的眼
令哲学的思维评判戛然而止。而你却
点画出屋漏痕的美学内涵

过去或者现在，每一笔
都是经典古老的痕迹。一些
无力涂写的篇章，依然骨感

斜风细雨。我一再折服
你残存的完美。敬畏你风雨缥缈
青山绿水间的魂魄和深远

2021.07.17

伪命题

抉择是艰难的代词，是
认知和三观的深层次的鉴别。抑或
是飞禽和走兽的临界点

生活上，总有些命题或者伪命题
做出艰难与苦痛的抉择。山或水的取向
有意无意击中一些痛点

比如，路和石头的相对论
比如，春天的桃花开出秋天的季节
一些假象，在反复逆袭或涅槃

那么久的日子里，你一直迷醉于
一个伪命题，迷信肥皂泡的彩色光环
而终于，在肥皂泡的碎片中释疑

仿佛影子打入黑暗，惨淡的表白
夹杂霜花阴冷。日子依旧
像一场追赶荷花的雨，去留不决

一个醒来的梦，恰是一具
散架的尸体，灰暗却毫无生机
而另一个界面，大地青葱

2021.07.22

十八渡

——游莒溪十八渡有感

这里很静，没有纷乱的世事
没有燃烧的爱情，唯有一潭恬静
清缓而平静，默默流淌

草木丰腴的七月，在这个
优美的谷底行走，把一颗受伤的心
慢慢修复，让缺失的血复活

汗水浸透我的肉身，我却不曾
记取每一个渡口的名字。在第十八渡
一只鸟呼唤着，仿佛我

童年的记忆溢出堤坝，流向远方
阳光猛烈地照射着，流光溢彩的波纹
让我触摸到海，如一帘幽梦

展望未来，要水一样包容
把折叠的心事打开，抛入渡口
溪水轻缓，清澈而明亮

2021.08.01

十月交语

——走莒溪江有感

这水反复回旋，像爱情
一千次的忐忑，闻听十月
一场倾情的交语

我姑且把你当作芦花，盛开的
花朵夺取一座山的颜色，沿溪流
一路把我的魂魄勾引

石头止步，静立更是一种姿态
而我一直幻想与你的一场水乳交融
仿若把一双牵起的手，搁置水面

水日夜奔波，满怀大海的向往
被你抚摸的石头、水草，或者泥土
浸润着相思的水花

此刻，我说出对你的钟情
你的拒绝，会让我痛心疾首
会让一条河流静止而消亡

水流啊，你要慢慢地流淌
让时光慢成花香和鸟语，让十月
真诚，编织一条温馨的河床

2021.10.04

大石瀑秋色

走进十月，牵一匹
时光的鹿马，踏步荒山野郊
汽车的喇叭声，穿越秋风

草木摇晃，某些
枯萎，标榜着秋天的模样
从上而下，一路向北

沉默如秋。褐红的颜色
松针一般落下，隔着苔藓
张结一张记忆的网，柔软温和

有残存，也有断片
仿佛大雁的行迹，消逝在
蓝天高远的云朵里

石瀑壮丽，国画本色
巨幅张挂在山川的壁龛里
气势，一泻千里

驻足远望，山水分明
把光影，拉近，再拉近
遁入空门，把你收入掌心

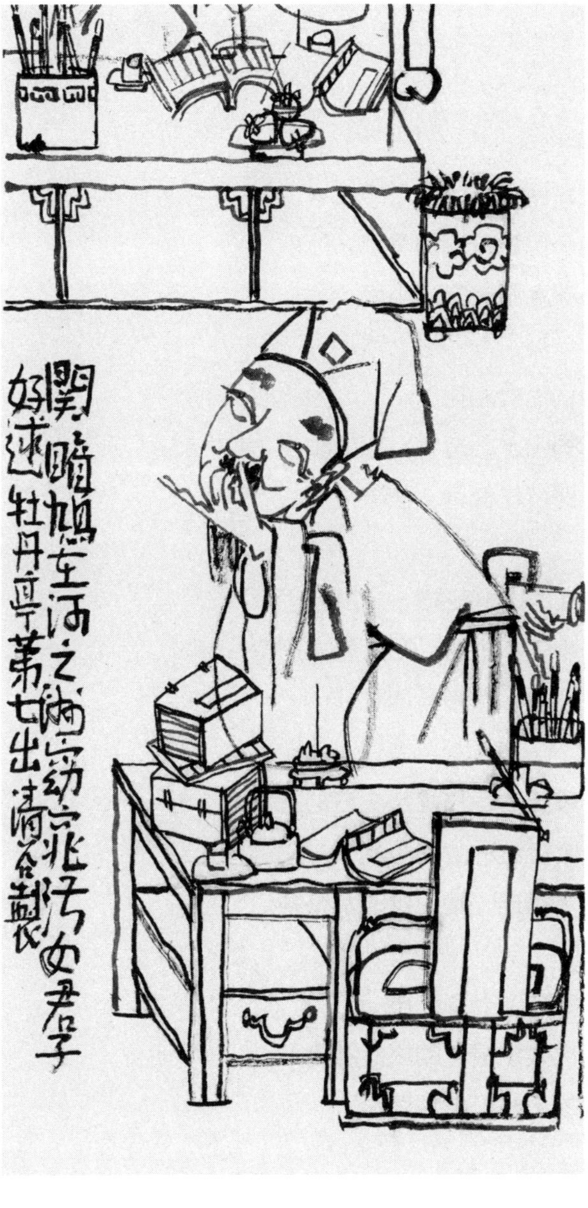

董村，微雨色调

十月，溯风润色
在这个色彩斑斓的季节，江南
又一次潮湿起零星小雨

十年，再次相见
当年的山水，迈着小康的步伐
如一棵百年枫香，根深枝茂

龟溪江，一摇三摆
把一个千年古村，引入唐宋词章
乡村情怀，微雨色调

溯一段历史，打开摩崖石刻
把一个沉淀的故事激活，与皇家有关
与山水相连，是为挖取水晶题记

初冬时分，七彩山色
来一次久别重逢的热血沸腾
这里的山村日新月异

2021.12.02

它们带着神性的光环降生

把十指散开，玉质指尖
以烈马的激情驰骋，拿捏
一把泥土的胚胎，开始孕育

机器平稳旋转，那青瓷
转世的过程，极具感染的力
在无限空间发散，延伸

它的每一次降生，都打烙历史的胎记
时空的跨度，从一千年
到上万年，甚至人类文明的源头

一次次塑造，站立成各种形态
由内而外，把火与光渗入凡胎肉身
把沉睡的灵魂唤醒

那高达一千三百度的烈焰
催生的生命，是一次神奇重生
它们带着神性的光环，通透

而精神。他们集体沉默
以灵性的造型与釉泽说话，每一次回望
我的内心，总是发出大海般的呼啸

2021.12.13 于蓝海

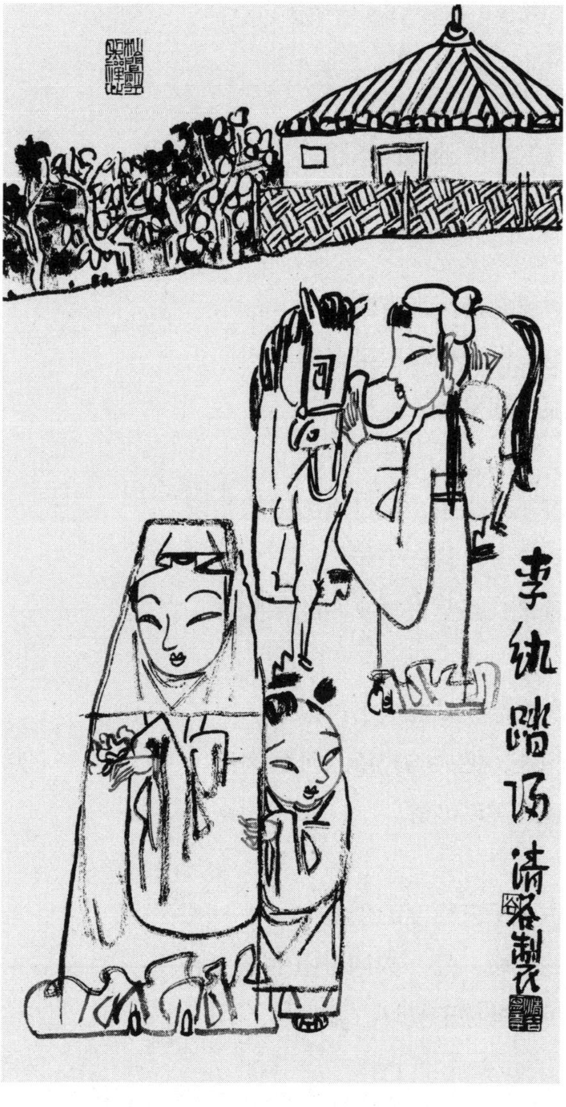

在目光触及处腾出火焰的光芒

要在泥土的深处博取魂灵
在水和水之间，拿捏出一只青瓷
在目光触及处腾出火焰的光芒

用记忆，追逐你遥远的身世
拓开荒蛮古老的瓷器时代。那是
我们祖先最初的梦想，用泥土

揭开爆发的端口。自此
他们走进火的内部，把艺术的灵魂
植入到遥远和漫长的历程

无数次的裂变，无数次的崛起
把每一个朝代的灵魂梳理一次
把思想打碎，也把凡身肉体打碎

在废弃的瓦砾堆里，有无数
沾满泥巴的手伸出来，那艺术之手
让一只青瓷，发出低低地叹息

2021.12.12

在越青堂，听昙花谈青瓷的裂变

将近晌午，我们列座越青堂
听昙花畅谈青瓷的裂变和涅槃
蓝色火苗蹿出硕大的窑洞

一只青瓷的思想，在健谈的说辞里
轻轻落入越窑杯口。逐渐倾斜的子午线
让我们深入远古文明的土壤

华贵与精致，一个朝代的符号
一段历史的起点或者拐点，从一只
泥罐细小而皲裂的杯口漏出来

即便一言不发，他们干涩的形体
早已经验明正身，而有些奇特的构思
一开始，就决定了贵族的身份

器皿一个挨一个，唇齿之间
散发出碎片化的蓝光与火焰，还有
清脆的声响，穿破古越时光

2021.12.12

被黑夜流放的灵魂

就这样，电话戛然而止
仿佛，人间烟火就此打住
仿佛，无处安放的灵魂
被黑夜无情流放

窗户，打开又关闭
粉碎无数的光，流出黑暗
流出影子，徘徊在
悠长的柏油路上，郁郁
找不到回归的端口

沉默，是今夜的皂荚树
枯萎的叶子，让人心疼地黄
籍满了整个冬天的忧伤

汽车嘈杂地横过公路
呼啸声，打乱黑暗烦乱的思绪
仿佛，冬天打乱的一场雨

把水从壶中溢出来，把褐色的

眼睛潮湿。语言的密码在键盘上
游弋，弹跳如蚊子一般的腿

2021.12.22

一场雪，让我找回冬天

一大早，朋友圈转起一场雪
那是年末的一场初雪，是罗坑山上
几张素白的图片，打开一场
久违的雪，嗑开了整个冬天

其实，冬天早已经来临
它躲在落尽树叶的树上，像一只
慵懒的猫，享受温暖的太阳
让它忘却了麦子和青菜的生长

而此刻，一张图片唤起一朵雪
找出冬天的藏匿之处。它从记忆中
铺天盖地而来，像一群饥渴的人
焕发出对雪无限的眷恋

山川，河流，树木，大地上
那皑皑的白雪，从房子的前面
慢慢铺开，仿佛冬天从空寂的房子里
走出来，让一场雪回到从前

一起劈柴，烤火，取暖
一起围炉喝茶，聊天，嗑瓜子。雪
悄无声息地顾自下着，而我们拥抱着
温暖的冬天，雪花一样轻盈

雪还在悠悠地飘，无数的记忆
让我回到冬天，回到遥远的雪后晴川
世界开始慢下来，慢成一个浅浅的笑靥
一场雪，等待你的款款而来

2021.12.25

让春天的浪花犁开幸福的麦田

——祝 Dingql 生日快乐

我知道
你是在湖的东面
像一棵藏匿在大山深处的木棉
四十多年前
你以第一声啼哭
打破一湖水的宁静
宣告你的到来

大山是你的家
那宽厚的胸膛和青葱岁月
让你的开放宛如莲花
落座水的对面
走进大山的臂弯
那少女放飞的梦想
白云一般飘扬在蓝天

油菜花落了又黄
而你也曾离开阡陌红尘
去海滩吮吸大海的气息
意气风发地在城市的港湾

宣写过青春誓言

打马人生
时光犹如光影扶摇
让你我相遇在狭小的岁月里
有些话积压如山却无法倾吐
恰如酒入愁肠
而有些失意
却在默默等待神的宣判

或许
注定要在那个冬季静默
仿佛一潭冬眠的湖水
透过寒冬的薄纱
迎春已经花发枝头
有春天的信使
从窗户递来温暖的问候

今天
我以一首诗的虔诚
让春天的浪花犁开幸福的麦田
站在十七层的高楼
隔江举杯
祝贺你四十四年人生如夏花之绚烂
祝愿你从今以后晴空万里
愿你在光阴的序言里，落下
人生的精彩诗意

2022.01.28

Jenry pizza

仿佛激情的意马，穿越
高速的纤道，抵达城市的南线
忐忑的心，被黄昏轻轻安放

Jenry pizza。精致的广告语
被沈园置放在延安路的界面
夜色，纳入先我而至的诗友

灯光。橘红色的祥和与温暖
把我的思维，泛滥出新鲜的汁液
实木桌椅，置配玻璃高脚酒杯

我们佐以传统的绍兴黄酒
instead 拿铁咖啡。一杯又一杯
也放任比萨、牛排、甜点

要一次极具跨度的邂逅
把绍兴的诗酒，融入西餐厅的暮色
我们举杯，饮尽在华灯时分

2022.01.12

春天的木棉花

——致瓦庆超

你是我的《诗经》，春风
一般开放。在你高高的树冠下
仰望或者打坐，霞光四射

木棉花。我曾猜测你的尊贵
却无法读取你的深沉与内涵。掀开
蓝天，怀揣对你的膜拜和敬畏

相距你两千余公里的东方
踏云而来。你以初春二月的经书
打开一朵花，避开北风的寒冷

以一棵木棉，念想另一棵
木棉，念想一朵花与一个城市
而我与你，已无须千言万语

我们，曾相互深切地召唤
在千山万水的血脉里，雨露
一般渗入殷红的念想

2022.02.22

元江，我一路向南

抵达你，距离足够遥远
放下行囊，已深入高原的子夜
匆匆打开温泉，泡我一身倦怠

一路向南，找寻宿命的归途
那高原的封皮，依然保存
远古的灰，蕴藏着火与生命

行走你的脊梁，我无数次停歇
欲在哀牢山的脏腑里，安一处居所
以高原的风沙，浸润我浅薄的心智

红河奔涌。举起火与光
黑夜，在晨昏的号角里低下头颅
千万双手，紧握信念的籽粒

要站在云贵高原的眉目里
用一座山的眼睛，试看云海翻飞
攀枝花，火一般万山红遍

2022.02.24

邀约一场盛会

在这里，我们不说
草原与鸿鹄，只说山岚
于夜色中沉没。说每一朵花
在风雨中的焦虑。期待
阳光次第开放

三月在四月的内部，一再
把狭长的山冈压低，斜衬出
菩提峰的高昂。那些
迫不及待怒放的花朵，是否只是
为了赴约一场人间的盛会

我们已经做足功课。风停雨止
马达声，从四面八方相拥而来
在四月粉色的邀约里，樱花树下
重逢无数陌生的面孔

不能确定，这场盛会
是否会有一些震撼。激情的小吃摊
飞舞的无人机，数不清的目光

吐露出愉悦的春天。更有
汉唐、魏晋

站立山冈，于风中
解读一域春天，一花，一叶，一菩提
落花在思想的外部。那些
不便解读的，隐入花蕊
结一个梦

2023.04.10 于蓝海

樱花盛开的季节

南风是春天的信使，那是
以前和你一起填充山水的词句
可你毕竟要离我而去

樱花盛开的季节，有些期盼
花朵一般焦虑难安。在风雨里
你也曾思想过，一张机票

或者一列火车，可以把
一个花，隐逸到另一个世外桃源
做一朵雨做的云。可那些

无心无肺开放的花朵，让人
若有所思。仿佛世界并没那么脆弱
只要有阳光，阴霾便会消失

有时候，人生需要清理、删除
一些陈旧的伤疤或记忆，留白
更多的空间，便可放入清新的词句

2023.04.11 于蓝海

一个微笑的春天

像一些轻漫的诗句，关山樱
代言的春天，幽静、粉色
花朵啄开画眉经年的清唱，奔跑着

那些美好的流淌，漫山过岗
发散的信息，流经浮躁喧嚣的城市
引发一场蓄谋已久的破城而出

她们有备而来，尖叫而肆虐
奔跑、跳跃，舞动封闭已久的躯体
以直播的形式，侵占一座山的美好

花朵轻轻地开放。每一张
治愈的脸，都有一个微笑的春天
交织的欢呼声，释放出久违的愉悦

可你们是否记得冬天的刺骨
北风远去，在这个怒放的山冈里
也曾有过风雨相伴的前夜

2023.04.16 于蓝海

英湖夜聚

今夜，我们点燃篝火
唱起歌，欢愉弥漫

火苗舔着火苗，跨越边界
忘情的述说，把我们折回从前

当你们再次抵达我的脏腑，在
我宽域的领地，抒写山水文章

一些老去的话题，荡开湖面
话语间，篝火舔舐每一丝空气

有时，我们相互交换意见
谈论火焰与瓷器衍生的坯胎

“噼啪”之声，响彻夜空
我们以茶代酒，让久违的灵魂

相互碰撞。在四月的臂弯里
火焰，打开黑色玫瑰

2023.04.16

在十八渡

恰似禅修的僧众，当人们
用苦行的腿脚，临立于丁坝之上
展开雁阵一般优美的姿势

十八渡，这条神奇而柔美的河流
以其特有的名义，流经山谷
也为某些脚力，注入新的含义

尽管你曼妙地伫立于山谷，可我知道
你必将要远离山村，奔赴大海
仿佛时光，把注脚深入海的内部

无论你再长再远，或者去向何方
可我都不需要，就要你流经我指定的谷口
静静欣赏你一次次裂变的模样

日子悠长，河水一般宁静
我无数次投入你的波心，看秋水
逆流，把浮躁隐入水中

鸬鸟展开白色羽翼，背负
山村的四季，用飞翔的弧度
点划一江悠长的诗意

霜　降

我曾无数次听闻，也曾
无数次以身犯险。总以为
节令不会走得那么快

回首之间，秋天
已然暗度陈仓，在叶尖上
巍巍欲坠，草尘相望

在此，让我画一个句号
向你说再见。其实
在深秋的最后一天，我曾

收到无数来自远方的信息
只是我不愿接受这样的一个事实
但一切无谓的抗拒，都是乏力的

且把手中的念珠放下
看深秋的乌桕，把叶片染红
火一般烧向天空，云朵下

是徘徊的脚步。阳光与阴暗
仅一墙之隔，斑鸠用最后一次歌唱
试图把秋天的轮子转动

试图摆脱一堵无形的墙
尽管一切宁静如水，可秋天
毕竟倒在初冬的节令之上

2023.10.27

冬天，与一棵乌桕说话

那时，北风正放牧一群饥寒的灰雀
暗淡的天空下，乌桕
摘下最后一叶衣裳。芦花静默

在此之前，我目睹过一棵树上
长出过冬天的筋骨，这褐红
一定是你无数次试探冬天的温度

每一次试探，你的枝丫总会惊起
成群的灰雀，而我试图在那些突围的籽粒里
寻找一线蛛丝马迹，却总是藕断丝连

你不理不睬，我半信半疑
可我又痴迷于“书中自有颜如玉”
却又疑虑“山穷水尽疑无路”

在这个薄凉的季节，这水已无力回天
到了应该再说点什么的时候了：孤独或者寂寞
既然同病相怜，却为何要言不由衷

2023.12.25 于蓝海

灯光舔黑下午最后一丝光亮

在小镇，石头也有明媚的春天
隐秘的幸福，阳光一般落下
芦花，掩不住内心升起的喜悦

你们也曾在树下，偷听过
鸟儿讨论爱情的迷茫和绝望。那一刻
北风呼啸而来，封控了整个小镇

脑子一片空白，失水的菊花
慢慢变成了灰色，一个季节便开始衰退
在寒冷的冬天，我们无法相互取暖

你用墙壁里的影子，取出仅剩的时间
取走光与火，看阳光在我的血液里一点点消逝
那时，我依然幻想你会踱步旋转的楼梯

后来，一缕灯光舔黑了下午

2023.12.28

剡溪，小镇直不起的小蛮腰

多半时，你是一只古典的水袖
于波纹里去向深海。而此刻
你是一个柔弱的女子，低眉于我的眼前

你一定收到过写给小镇的诗文，于文中
我点到过你的小名。点到过你
春天一般的眼睛，闪发出娇羞的光芒

而我透过冬天的天窗，揣度过
一身病骨躲进破庙的书生。在涂抹的脂粉下
我认出那个娇小精致的身影，还你的真身

你戴官帽、着红袍，每日里粉墨登场
把持这多维的演绎，深入戏文的角色
哪承想，你怏怏病骨支离纱帽宽

这一年，我把日子折成飞檐翘角
把所有的心事，隐匿在清冷的青砖灰瓦里
坐在屋檐下听风看雨，心怀焦虑

我想把这一首诗，写成一年的台历
从漫长的扉页里，拧出郁结已久的苦
制成一杯浓浓的咖啡，让你去演绎

这虚拟的凤冠霞帔。这寂寥的长袖
这幽深的剡溪，于掌心里烟花一般当空
飞舞，这小镇直不起的小蛮腰

2024.01.03 于蓝海

虚假地摇旗呐喊

那是昨天晚上，雨丝慌乱地下着
仿佛新年的节奏骤然而至，而不能自已
夜承载着雨的压力，车辆途经的街市

有些凝固。预置迎新的灯光
带着些许张扬，宣誓龙年的主权
闪耀光怪陆离的光影，施压你接受

临近年关的气息。而我没有一丝的愉悦
被卡在了光与影的缝隙里，仿佛那些影子
是我久违的自己，一颗无法回归的灵魂

那些无忧无虑的日子，如风吹落叶
许多醉过的酒，已经索然无味
而有些人和事，却始终萦绕心底

年复一年，我们总是苟活在虚幻的光影里
虚伪地把真实的自己，裹进生活的焰火
却要伸出摁住灵魂的手，虚假地摇旗呐喊

2024.02.04 于蓝海

盛唐是你

月光临窗，我的夜晚
头枕长安的万户捣衣声，一阕
唐诗，反复被寒风读取

那夜，盛唐的长安
新月如钩。而那团火在木棉树上
昼夜燃烧，从长安烧遍天下

烧得我心乱如麻。那首诗
像一叶春花秋月的断章，让一个城市
留下无尽的空白。风月如洗

把长安洗成千年白骨。而月光
依旧，像一把切割心事的弯刀
让我失眠于盛唐的长街

读一袭月光，把一首诗打乱
在这寒夜的山水里，捂一个清梦
盛唐是你，而我是今夜月

2022.01.10

后记：愿我与你偶然相遇

俞杭委

初春的寒流逆袭而来，把江南撞回冬天的原形，一个好端端的春节搞得寒冷彻骨，兴致全无。闲来无事（其实是不想事事），便于小镇“陌上烟柳”咖啡馆闲坐，坐着也是坐着，便要了一杯馥芮白，慢慢品味。有友来时便好一起品茶，因为咖啡虽好却不及畅饮，于是索性来一壶“菩提丹芽”红茶，装一会儿清闲装一会儿雅，且把闲情作远方！闻清香四溢，边饮边聊，畅所欲言，好生惬意！

窗外，冷雨绵绵，雨水顺着古老的檐瓦流淌下来，发出毫无节制的嘈杂声。街道清冷，偌大个小镇，用“人迹罕至”来形容，毫不为过。若是天晴或阴天，一群雅雀便会在乌柏树赤条条的枝干上觅食，蹿上蹿下，欢蹦乱跳，好不自在，好像整个听琴谷公园便是它们的领地，整个场景毫无违和感。有时不免羡慕起它们那无忧无虑只为一日三餐而忙活，呆呆地看着它们出神。一个人待在里边，小镇恰似一个荒芜的宫廷，寂静怅寥，而我便在这宫廷里做自己的王，打造自己的乌托邦。幸好有这些鸟儿做伴。我有我的世界，寂静却不寂寞，赋诗作文，煮茶听雨声，看春去秋来，花开花落，便觉另有一番情趣。

本来早想写这篇后记了，因为有越剧小镇，因为有陌上烟柳，因为可以清闲装雅，因为可以煮茶听雨声……诸多理由，于是人心一懒，就有了懈怠之心，拖拖沓沓也就很正常了。想到编辑彭雪已经催了几次，张二棍、孙昌建两位老师已为拙作写好序言，而自己还迟迟不动手，心里觉着

有些不好意思了，于是便逼迫自己动起来，动起来又觉得不知从何入手，思来想去终觉不妥。下午只好抽空来“造字作文”。

本次出集是继诗集《陌上烟柳》和散文集《坡上桐花》后的第三本文集，也是继2017年《陌上烟柳》之后的第二本诗集。时隔5年，选编了两百首小诗结集成册，以作留念。很感谢张飞老师推荐《这么近，那么远》油画作封面；周锋老师为我的小诗献上插图；梁文斌老师为我的诗集作封面题字；老同事陈丹为我的初稿做校对。也感谢那些曾经一路而来给我鼓励和帮扶的诗友们。在此特别感谢诗人张二棍、孙昌建两位老师，正值新春大节，还抽出宝贵的时间为小文作序，而且两位老师从不同角度给我的作品作了包容性的指正及鼓励。孙昌建老师在阅读全书之后，还对我的诗集提出了指导意见，剔除了一些不适合的作品。各位老师的热忱支持，促成我这本诗集能以较好的面目呈现给读者。李白有着“兴酣落笔摇五岳，诗成笑傲凌沧洲”傲岸羁物的凛然气场；贾岛有“两句三年得，一吟双泪流”那种精雕细琢的文艺匠心。相比之下，我所谓的作品不过是随性的小文小字，自娱自乐！平庸之作，有失各位老师与读者所望，深表惭愧！

该诗集主要分两部分内容，前半部分《雪还在仰望之上静静地下》，后半部分《盛唐是你，而我是今夜月》。

我很认同孙昌建老师的观点：“我以为诗的原动力有两个，一个是爱情，一个是远方。”那么说，我的这两部分诗作也算是在原动力的推波助澜下出产的！

简单说说第一部分作品吧。先闭上眼睛，然后让题目慢慢浮现出来，仿佛启开阶梯式的音乐旋律。这个旋律神一样寄宿在我的心底，也是第一部分诗作的意象与核心，每一首诗里边均有包容。我们每一个人的世界或灵魂深处都会藏有一个女神一般隐秘的名字，它，或多或少、或长或短陪伴着你，激发你生活的动力，成为你生活与爱情无法跨越和无法替代的情节，犹如浪潮拍岸，绵绵不绝，更如野马脱羁驰骋疆场。于是，我们把它归结为宿命中绕不过去的那一截。爱情是有温度和感触的，是一个灵魂去感知另一个灵魂的温度。可以是春暖花开，可以是冰天雪地；可以悲喜，可以疼痛，而疼痛便是爱情的最高境界，是凝聚力量的触点；当一个人真正走进你的心里时，你便臣服了，纵然爱而不得，却也无怨无悔。在过去五年波峰浪谷的境遇中，我用诗的语言缔造了一个情感王国，用近一百首诗串成一曲“神话史诗”，那千百种意象化成的诗篇，雪一样纯洁高冷，却源源不断地下着。于是，灵魂有了诗一样的神形，在无形的世界里无限回荡，走出内心深处深切地发出呼喊！我以为这就是那种至高无上的神秘而神圣的信仰！

远方是何方？是人们一直寻觅和向往的地方，也是人们心灵的去处和归宿。仿佛那个未知的地方有无数愿景和动人的故事在期待着你！它可以是真实可见的场景，也可以是灵魂中的乌托邦，是激发你去向无限美好的未来的原动力，更是千万个哈姆莱特期待的理想境地。如果用诗来表达，可以借景抒情，也可以借情绘景！其实远方便是那个永远无法抵达的地方，或者说那是一个你去向生命终止的境地！我的第二部分作品便是去向远方路上的节点。我和你一样，一直寻觅那个去处和归宿，但又觉是毫无目的和遥遥无期！于是，我便在“盛唐是你，而我是今夜月”的空旷和朦胧中寻觅着理想的远方！

无论爱情还是远方，都是可遇不可求的。无论爱情还是远方，我们始终要心怀敬畏。所以，我想对你说，只要我们有信仰，心中有爱有远方，让生活充满爱，满怀豪情地去向远方，世界便是我们的！

其实，在人生的道路上便是不断地遇见和去向远方，愿我与你偶然相遇，一起带着美好的愿景走在去向爱和远方的道路上，永不停滞！

2024.03.01